身 份

衣向东◎著

中国言实出版社

图书在版编目（CIP）数据

身份 / 衣向东著 . -- 北京：中国言实出版社，
2021.3

ISBN 978-7-5171-3347-6

Ⅰ . ①身… Ⅱ . ①衣… Ⅲ . ①长篇小说—中国—当代
Ⅳ . ① I247.5

中国版本图书馆 CIP 数据核字（2021）第 047434 号

出 版 人　王昕朋
责任编辑　肖　彭
责任校对　朱　悦

出版发行　**中国言实出版社**

　　　　　地　　址：北京市朝阳区北苑路180号加利大厦5号楼105室
　　　　　邮　　编：100101
　　　　　编辑部：北京市海淀区花园路6号院B座6层
　　　　　邮　　编：100088
　　　　　电　　话：64924853（总编室）　64924716（发行部）
　　　　　网　　址：www.zgyscbs.cn
　　　　　E-mail：zgyscbs@263.net

经　　销　新华书店
印　　刷　徐州绪权印刷有限公司
版　　次　2021年4月第1版　　2021年4月第1次印刷
规　　格　710毫米×1000毫米　　1/16　　13印张
字　　数　152千字
定　　价　58.00元　　ISBN 978-7-5171-3347-6

1

初秋的风挟着绵密的雨丝，弥漫了香港域多利监狱的一处天井。天井外的一堵高墙下，并排站立着七个人，都是五花大绑伤痕累累。最末端，是一位学生模样旳青年女子，穿一身灰色布裙，脸上挂着悲伤。这悲戚的表情让她清秀美丽的脸庞更加生动。她稍稍探出身子，歪着头，打量着排头那边一个魁梧的男人，看得很专注。魁梧的男人也在看她，同样满眼的渴望。她旳头发已被雨水打湿了，一绺乌黑的秀发粘贴在她的脸颊上。有泪水涌出眼窝，连同凉凉的雨水，顺着脸蛋儿往下流。

久久注视之后，她眨了一下眼睛，黄昏就在她眨眼的瞬间降临了。她感觉四周突然安静下来，远处已有楼房的窗户，透出温暖的灯光。她知道生命最后的时刻来到了，于是嘴角儿微扬，拖着沉重的步伐朝魁梧的男人走去。

"站住！再动，老子就他妈开枪了！"十几米开外，平端长枪准备行刑的狱警朝她呵斥道。

她仿佛什么也没有听到，依旧往前走，一头扎入男人的怀里。这个时候，一切的声音都消失了，她只听到魁梧男人的喘息声。男人挣扎了几下被捆绑的手，似乎想腾出双手拥抱她，但最终，他只能俯下头来，亲吻了她湿漉漉的头发。

他轻声说："嫁给我吧。"

她用头使劲儿拱了拱他的胸脯说："我答应嫁给你，就现在。"

他们的对话，被身边那个同样五花大绑、满脸络腮胡子的人听到了，或许因为感动，络腮胡子的男人突然扯着嗓子朝天空大喊："真理必胜！共产党必胜！"喊叫声正慷慨时，响起一阵密集的枪声，五花大绑的七个人纷纷倒下，早已等候在那里的十几名记者争抢着跑到墙根下，对着倒在血泊中的人疯狂拍照。

第二天早晨，香港各大报纸都报道了域多利监狱处决中共地下党员的新闻，其中最大的亮点，就是一对男女在刑场上完成了婚礼。照片上，那个女学生的头，枕在魁梧汉子的胸膛上。

紧挨着横七竖八的尸体照片旁边，刊登着一张帅气的警察照，小伙子也就三十多岁，戴一副金丝眼镜，嘴角挂着浅浅的微笑，跟血泊里的尸体形成极大反差，有些扎眼。

这个人叫谢成安，是香港侦缉处的一张王牌，被香港媒体吹捧为"缉共"高手。从外表上看，谢成安很斯文，像个学者，其实心狠手辣，跟国民党香港特务沆瀣一气，专门缉捕在香港从事隐蔽工作的中共地下党员，不仅得到了港英当局的嘉奖，而且从南京国民党中央组织部党务调查科那里，赚了不少银票。他缉捕中共地下党员的主要手段，是通过金钱诱惑一些意志薄弱、信仰不坚定的中共地下党员，利用这些叛徒组成了一张情报网。倒在血泊中的七个人，就是被谢成安今年收买的叛徒尤广仁出卖的。

天气还没有放晴，香港的街巷笼罩了一层薄薄的雾气，报童疲惫而嘶哑的吆喝声，在雾气中一波一波地传来。自然，卖点还是血泊中的那对男女。

临街的一扇门，走出位穿长褂的男人，头戴礼帽，慵懒地朝走远的报童喊道："报纸——"报童折回身子，将一份报纸递给长褂男人。

"两份。"长褂男人用低沉的声音说。

"好哩，两份你收好了。"

长褂男人拿着报纸回到房间，快速关好门，仔细看着倒在血泊中的几个人，禁不住潸然泪下。这个面容清瘦的男人叫邓康，是中共在香港的地下党组织负责人，这些天正在为营救七名被捕的同志四处奔波。他今天上午约好去见香港警察局的一个朋友，寻找营救方案，不想一大早从报童的吆喝声中听到了坏消息。

他呆坐了很久，才慢慢起身，嘴里蹦出五个字："除掉尤广仁！"

香港的中共地下党组织，近来遭到国民党特务和港英政府的联合围剿，很多在港开展隐蔽斗争的同志被捕。尤广仁已是两年的老党员了，经营一个五金店铺，五金店铺自然成为地下联络站。谢成安通过自己的眼线抓获了尤广仁，在威逼利诱下，贪生怕死的尤广仁背叛了革命。他不仅出卖了七名地下党员，而且在得到谢成安的好处后，更加卖力地为谢成安收集情报，很多不知情的地下党员正处于危险之中。早一分钟除掉尤广仁，就早一分钟挽救自己同志的生命。

当然，在谢成安控制的情报信息网里，不止一个尤广仁，要保护香港隐蔽战线上的中共党员，打击敌人的嚣张气焰，最有效的办法就是除掉香港侦缉处的反共"王牌"谢成安。不过要除掉谢成安，就等于虎口拔牙。香港侦缉处是香港警察队伍的王牌，人员和装备都是一流的。侦缉处长谢成安为人狡诈，很少单独出来活动，每次公开露面，身边总有几位贴身警卫。

魔高一尺道高一丈，谁是这个降魔人？邓康的脑子里快速检索着一个个熟悉的名字，然而都不满意。他焦虑地在屋内走动着，突然一个名字从脑海中跳出来，他忍不住拍了一下巴掌，叫道："双枪侠，龚瀚文！"

邓康太了解龚瀚文了，虽然他不是特工出身，从来没在隐蔽战线上工作过，但他有文化有谋略，胆大心细，更重要的是他勇敢忠诚，信仰坚定，堪当大任。

龚瀚文是广东新会人，出身华侨家庭，在上学期间接受了先进思想的熏陶，励志为中华民族之崛起而奋斗，用他的话说，自己要做"黑屋子里的点灯人"，用一点亮光，照亮整个黑暗。1925年他前往广州参加洋务工会，新会水南乡成立农民协会时，毫不犹豫地加入了农民自卫军。6月份"省港大罢工"爆发后，他加入了大罢工纠察队，在邓康和陈铭的介绍下加入了中国共产党，并担任纠察队模范中队指导员。第二年，纠察队改编，龚瀚文担任缉私卫商团连政训员。所谓缉私卫商团，就是打击走私保护商人的武装队伍，士兵都是从工人纠察队抽调来的。缉私卫商团不缺钱，武器好子弹多，组建后专门训练了一年，士兵主要学习军事知识和射击技能。在组织训练时，龚瀚文身先士卒，刻苦训练，竟然有了意外的收获。自古以来，凡是能封"神"的人，仅有磨炼是不够的，必须有先天的悟性。龚瀚文从小习武，有很好的武功底蕴，加上天资聪颖以及独有的悟性，仅用一年时间就锤炼成为百发百中的神枪手，而且是左右手使枪的"双枪侠"。广州起义时，他担任敢死队队长，"双枪侠"的名字威震敌胆。起义失败后，他随部队撤至海陆丰地区坚持武装斗争，担任工农红军第四师某连连长，曾独自一人杀入敌人阵地，救出我军负伤的高级将领，成就了一段传奇故事。

其实，龚瀚文还有一段不为人知的经历。1928 年，驻扎在灵山的国民党七十二团第九连发动了兵变，将队伍拉到周边山上打游击了。九连兵变的爆发，在二十四师的士兵中产生了极大的反响。不久，驻高州的二十四师特务营派人同中共南路特委军事委员会联系，表示他们也想起义。

高州特务营隶属国民党十一军二十四师，下辖 4 个连队，有 200 多人，武器装备不错，而且有一定的战斗力。这个营的官兵大部分都是工农子弟，其中一些老兵是参加革命暴动的工人和农民自卫队队员，暴动失败后，他们无处可去，被迫当兵谋生，混口饭吃。不过这口饭吃得挺艰难，他们在国民党部队里经常遭受打骂虐待，精神上痛苦不堪。潜伏在国民党军队的中共地下党员抓住时机，因势利导，团结大多数士兵，给他们灌输进步思想，觉醒后的士兵们都想离开国民党军队。

高州特务营的特派员向中共南路特委详细汇报了情况，说如果"兵变"成功，至少可以拉走两个连。中共南路特委很兴奋，两个整编连加入革命队伍，自然是好事，更重要的是起义部队能够起到振奋人心的示范作用，对国民党军队产生极大的影响。于是中共南路特委开会研究选拔特使，前往高州负责策划指挥特务营兵变。选来选去，选中了龚瀚文，他不仅有勇有谋，每逢大事有静气，而且有很强的作战指挥能力。

龚瀚文到达高州后，在特务营秘密成立了革命兵士委员会，并设立了兵运小组，组织和发动特务营的兵变工作。随后，兵运小组也暗中在七十团和七十一团宣传鼓动，建立了两个团的兵变组织，随时准备跟高州特务营一起揭竿起义。龚瀚文计划在高州和雷州同时发动兵变，高州兵变后，部队向化县发展，打入梅菉，再占水东。雷州兵变后，一部分留雷州，同琼崖发生军事联络，一部向遂溪、廉江方向发展，再由廉江向钦廉、北海发展，完成南路割据。兵变部署完成后，龚瀚文火速赶回广州湾，向中共南路特委汇报高州兵变的事宜。

然而，龚瀚文刚刚离开高州，高州特务营的地下党组织发现异常情况，果断决定立即兵变。特务营两个连 140 多士兵，分两路进攻，一连冲进特务营营部击毙了反动营长，另一连冲入二十四师司令部，击毙了克扣军饷的师参谋长，没收了师部所存的 10 多万元军饷。接着，起义军包围学兵营，缴获步枪 400 余支、机关枪两挺和大批子弹。起义部队撤离高州城，突破国民党军队的围剿，开往茂东乡村，收缴了民团的枪支，没收了一些土豪劣绅的钱粮，然后撤离茂名县。

龚瀚文回到广州湾后，向中共南路特委详细汇报了高州兵变的情况，中共南路特委当即决定，由特委派人到雷州发动二十四师七十团举行兵变，以牵制敌人兵力，策应高州兵变部队，同时以国民党十一军革命兵士委员会的名义，发表《十一军革命兵士委员会号召全军兵士兄弟举行兵变反对军阀宣言》及《十一军革命兵士委员会举行兵变暴动敬告工农兄弟书》。

龚瀚文准备赶回高州特务营，传达特委指示，尽快将兵变部队开至化县，以配合化县、廉江的农民武装起义，却无法跟起义部队取得联系。起义部队离开茂名县之后，再也不知去向。中共广东省委非常重视高州兵变，曾两次派人去寻找这支队伍，但因国民党军阀部队的封锁，始终没有找到。

尽管高州兵变留下太多遗憾，但龚瀚文的工作得到了中共广东省委的高度评价。南路特委根据龚瀚文曾经提出在高州、雷州同时发动兵变的计划，决定继续发动雷州兵变，派龚瀚文前往雷州，成立了革命委员会，为兵变做准备。然而高州兵变后，雷州的国民党七十团和七十一团遭到严密警戒，已经丧失了兵变机会。

龚瀚文奉命返回广州湾，不料因叛徒出卖，他跟几位同志在广州湾被法国警察逮捕。中共广东省委为营救龚瀚文等人，指示动用大洋，调动所有社会关系，务必将他们搭救出来。后来，党组织秘密与法国警察交涉，龚瀚文在1928年底被营救出狱。由于暴露了身份，他离开广州湾，回到工农红军队伍。

龚瀚文秘密发动兵变的经历，为他今后在隐秘战线上的工作奠定了基础。

2

龚瀚文接到命令的时候，正带领一连人马在前线厮杀。他心里嘀咕，去香港执行特殊任务？香港没仗可打，去香港执行什么任务？找他谈话的人神色凝重，带有几分神秘感，反复叮嘱他，此事不能告诉任何人，包括他的家人。这份神秘，让龚瀚文有些小兴奋，看情形不是一般任务。

龚瀚文去香港之前，想顺路回广州看一眼妻子。广州起义时，妻子张秀芳就带着一儿一女离开水南乡，去广州陪伴他，后来一直居住在广州。他最后一次与妻子见面，已经是三个月前的事了，当时妻子已经怀孕，情绪有些低落。其实她不想这个时候怀孕，更不想与他分别。他拥抱了妻子，答应等到分娩的时候，尽可能赶回来。现在看来，这个愿望要落空了。他此次去香港何时能回来，很难说。自从出来参加革命的那一天，他就随时做好了牺牲的准备，生为革命人，死为革命鬼，无怨无悔。

龚瀚文正要动身回广州，却得到一个坏消息，妻子张秀芳因为叛徒出卖，被国民党特务抓进了监狱。他心急如焚，妻子有孕，在监狱肯定要遭受折磨，不知道能不能保住性命。一双儿女流落到哪里了？有没有人照顾？

革命者纵然有再多的痛，也只能负重前行。龚瀚文前往香港，在地下联络员的安排下，来到临街的那座高大房子里，坐在客厅内等候着。片刻，卧室的门打开了，从里面走出一个男人，激动地叫道："瀚文！"

龚瀚文愣住了，仔细辨认，才认出眼前的人竟然是邓康，忙伸出双臂，跟邓康紧紧地拥抱。"邓书记，是你啊？真没想到……"他兴奋得像个孩子一样，使劲儿跺了两下脚。

邓康说："瀚文，快三年没见了，你结实多了。"

龚瀚文笑着说："我不是做梦吧？"

邓康幽默地说："怎么？你撞见活鬼了？这几天我一直在等你，等得心急火燎的，现在见到你真的很高兴。"

听了邓康的话，龚瀚文突然意识到自己是来执行特殊任务的，眼前的邓康，必定是给他下达任务的人，于是忙说："邓书记，你说吧，什么特殊任务？"

邓康注视着龚瀚文，咬牙说道："打狗！"

邓康拉着龚瀚文坐下，详细介绍了香港对敌斗争的形势，然后把那张刊登着处决七位中共党员的新闻报纸递给了龚瀚文。看毕，龚瀚文不由地想到被叛徒出卖的妻子，狠狠地将报纸攥在手里，压低声音说："这些叛徒走狗，太可恨了！你放心吧邓书记，我一定完成任务。"

龚瀚文怎么也想不到，就是这次"打狗"的特殊任务，从此改变了他的人生轨迹，让他从硝烟弥漫的战场上转移到隐蔽战线上，从一位骁勇善战的战将，成为黑夜中的一柄利剑。

龚瀚文离开邓康住处时，邓康拿出一个学生证，递给龚瀚文，说道："你现在的身份是广东国立中山大学医学系的学生，是到香港来求学的，黄永安是你的名字，一定要记住了。"

龚瀚文接过证件看了一眼，笑道："我这个样子，像学生吗？"

"人靠衣裳马靠鞍，换上这身行头，肯定像。"说着，邓康把装着衣服的提包交给龚瀚文。两人很自然地拥抱了一下。他们彼此都明白，身处虎穴，任何一次轻描淡写的辞别，都可能成为永别。

按照邓康的指示，龚瀚文这次单枪匹马潜入香港，不仅要除掉几个十恶不赦的叛徒，还要干掉香港侦缉处的反共王牌谢成安。尽管龚瀚文有一身武功，但第一次执行"打狗"任务，又是在警戒严密的香港，对他来说是巨大的挑战。深夜，龚瀚文在租赁的一处民居里呆坐着，眼前摆放着那张报纸。报纸上的谢成安，嘴角挂着微笑，一直看着他。显然，这是一次高手对决，不是你死就是我亡。

之后的十几天，扮成学生模样的龚瀚文，在香港的大街小巷里四处走动，细心观察地形，熟悉香港警察的活动规律。他几次从尤广仁的五金店铺前走过，观察尤广仁店内的动静。最后一次，还特意走进五金店，买了一把小工具。从表面看，尤广仁是一个性格活泼的人，挺健谈，不停地跟顾客打招呼，时不时发出爽朗的笑声。不过，龚瀚文还是注意到尤广仁不易觉察的小动作，比如暗中观察顾客的着装打扮，看似随意的聊天中，总夹杂着对时局的不满，有意诱导顾客发一些感慨和牢骚，从中捕捉有价值的信息。看得出来，尤广仁像一条猎狗，急于寻找猎物。

这天中午，位于九龙公园对面街上的五金店，走来一位穿淡蓝色旗袍的年轻女人，请尤广仁到家里帮忙开锁，她说她刚从印尼回来，由于离家两个月，正是梅雨季节，家中的门锁生锈打不开了。尤广仁瞅见穿旗袍的女人，心里一阵欢喜，他早就怀疑这个神秘的女人是中共地下党员，想找机会接触她，却好久不见她的踪影，原来是去了印尼。他知道她的家，距离五金店不远，就在九龙半岛的加多利山间别墅区里，步行走过去也就十五六分钟。当即，尤广仁收拾了几件工具，把店铺交给小伙计，跟随旗袍女人去了别墅区。

果然，门锁锈迹斑斑。尤广仁拿着专用工具，三两下打开了门锁，并趁机跟女人攀谈。女人很感谢尤广仁，邀请他进屋喝杯茶。尤广仁心里暗喜，嘴上却说："我进屋合适吗？你家里没别人，恐怕不太好吧？"女人笑了，说道："怎么？我不怕你，你倒怕起我来了。"

尤广仁婉转地问："小姐平时一个人住这里吗？我记得你曾经有个男朋友，姓陆，好久没见他了……"

说着，他在女人的引领下，走进宽敞的客厅。突然间，他发现客厅的太师椅上端坐着一个人，心里一惊，预感不妙。太师椅上坐的人正是龚瀚文，他缓缓站起来说："你看我，像不像她那个姓陆的男朋友？"

尤广仁用惶恐的眼神看了看龚瀚文，觉得面熟，却记不起在哪儿见过，正要转身离去，身后的门已被穿旗袍的女人关紧了。

龚瀚文大喊一声："叛徒，我今天要关起门来打狗！"说话间，龚瀚文从椅子上弹跳起来，不等尤广仁喊叫出声音，一根麻绳缠在了他的脖子上，似乎没怎么用力，尤广仁的身子就瘫软在地上。龚瀚文在家乡武校习武时，他的师傅曾经说过，最好的杀人武器是绳子和锤子，其次是刀，用枪是最下策。多年来，龚瀚文身上都藏着一根结实的麻绳，即便在刀光剑影的战场上，这根麻绳也为他立下奇功。他已经把一根麻绳使用得出神入化，颇为魔幻。

龚瀚文玩弄他的麻绳的时候，香港侦缉处长谢成安正在家里把玩他的潮州朱砂茶壶。因为抓捕处决了七名中共地下党员，谢成安又从国民党中央组织部调查科得到了一笔丰厚的奖金。他心情不错，于是一边把玩朱砂壶，一边品尝龙井茶。心情好，龙井的味道似乎也格外清香。在尖沙咀经营茶叶的老乡周晖，知道谢成安喜欢龙井茶，前两天才送来了一斤特级品，说这种龙井茶，店里也没有存货了，再喝要等到来年清明了。谢成安本来就喜欢安静，常常一个人待在屋里，把做过的事情或者准备要做的事情，前前后后想几遍，不断地抽丝剥茧，查漏补缺，力求寻找瑕疵之处。他懂得"千里之堤毁于蚁穴"的道理，也深知干他这一行，细节决定成败。当然，谢成安深居简出还有一个重要原因，就是知道自己杀害了许多中共地下党员，对方一定会找机会收拾他，少出一次门，就少一分危险。

三道茶水过后，杯子里的龙井茶淡了，他正要再换一些新茶，一名手下急匆匆闯进房间里来报告，说尤广仁失踪了。谢成安眯起眼睛，盯着手下看，似乎不明白"失踪"是什么意思。好半天，他才冲手下挥挥手，说道："派人去查一下，活要见人，死要见尸。"

手下退下后，谢成安坐在那里没动。尤广仁突然消失，让他隐隐感觉有一双无影手，正朝他伸过来。如果真是中共的特工来了，尤广仁之后，下一个目标又是谁？当下对他这个侦缉处长最有用的人，一定就是中共特工最恨的人——裁衣店的葛老板。最近因为葛老板准确的情报，三名中共地下党员被警察局抓获，其中有一位刚从广东过来的中共领导人。谢成安快速站起来，抓起桌上的电话，命令行动队在制衣店内外布控，只要葛老板出门，就要暗中跟随，确保葛老板安全，同时也希望用葛老板做诱饵，逮捕中共派来的特工人员。

几天过去了，侦缉处对于尤广仁的追查，没有实际性进展，只是听五金店里的小伙计说，尤广仁是被一名妙龄女子从五金店叫走的，去了哪里并不清楚。制衣店那边也风平浪静，葛老板虽然出去三五次，上门给客户丈量尺寸，但并没有什么波折。

这天，快到晌午时，龚瀚文穿着一件灰色风衣，走到制衣店门口站住了，朝里面看了一眼，正要走进屋子，三个埋伏的警察围上去进行搜身，从他身上搜出了一个笔记本和一支钢笔，笔记本上有一页写着制衣店的地址和葛老板的名字。几个警察如获至宝，立即对龚瀚文详细盘查。龚瀚文说自己是从广东到香港读书的，听老乡说香港有一家广东人开的制衣店，特意找到这里来，要定制一身衣服。龚瀚文说话的声音很大，屋内的葛老板听到后，忙走出来跟龚瀚文搭话，仔细看了笔记本上的字迹，又试探地跟龚瀚文聊了几句，心里窃喜：自己的身份还没暴露，地下党联络员又来接头了。

葛老板让便衣警察留在门外，他带着龚瀚文走进制衣店，给龚瀚文丈量尺寸，一边丈量一边用暗语跟龚瀚文说话。葛老板丈量完一个尺寸，就在裁衣案的制衣图纸上勾画几笔，然后再丈量下一个尺寸。他们两人说话的时候，学徒工在一边招呼几个女客人。龚瀚文撩起风衣，让葛老板给自己丈量腰围，因觉得不雅，特意转了一下身子，背对着几位女客人。葛老板躬身量完龚瀚文的腰围尺寸，又趴在裁衣案的制衣图纸上勾勾画画，龚瀚文就跟葛老板道别，说自己来取衣服的时候，一定请葛老板到广东菜馆吃顿饭。

龚瀚文走出制衣店，学徒工正好将几位女客人送出门，返回屋子时，看到葛老板趴在裁衣案子上，手里拿着制图的粉笔，好半天不动，就走过去叫了一声"葛老板"，还没有动静，于是轻轻推他后背一把，这一推，葛老板竟然瘫坐在地上。学徒工吓得大声惊叫，门外几个便衣警察冲进屋里，发现葛老板胸口插着一把裁缝剪刀，立即明白了，追赶到大街上四下张望，人流中早已不见龚瀚文的身影。

几个警察只好返回屋子，审讯学徒工，屋内刚才发生了什么事情。学徒工脸色苍白，结结巴巴说不出话。他怎么也想不明白，这把裁缝剪刀是什么时候插进葛老板心脏的，葛老板为什么一声都没叫唤。

谢成安得知葛老板在警察眼皮子底下被杀，气得把手下大骂一通。骂归骂，其实他心里也知道，不能怪几个手下失职，中共派来的人绝不是一般的特工，身手太利索了，那一剪子刺下去，正是心脏最要害处，连吭一声的机会都没有。更让谢成安惊奇的是，中共特工明知道裁衣店外有警察布控，还选择在裁衣店里下手，而且就在小伙计和几位女顾客的眼皮子底下，似乎是故意做给谢成安看的。

龚瀚文选择在裁衣店下手，最初邓康并不赞成，认为太冒险，龚瀚文却说那样最安全。他已经在裁衣店外观察了两天，虽然门口埋伏了四五个警察，但只是注重外围，对裁衣店内的警戒并不严密。由于中共地下党员都是单线联系，而且消息传播渠道很窄，地下党员不能及时得到准确信息，因此龚瀚文化装成地下党联络员，让葛老板误认为自己并没有暴露。当然，能够让葛老板深信不疑的，是笔记本上写裁衣店地址的笔迹是香港地下党负责人的。他没想到这次"打狗"行动，就是香港地下党负责人直接指挥策划的。

就在谢成安满城搜查中共特工的时候，又有两名被谢成安收买的叛徒神秘失踪。谢成安立即从各方调集精兵强将，安插在自己身边，如果没猜错，中共特工的下一个目标就是他了。他行事更加小心谨慎，很少回家，在他看来，办公室比家里安全多了。他躲在办公室不出门，却要求手下整天在街面上跑，追踪中共特工的下落，不放过任何蛛丝马迹。为了逼迫中共特工浮出水面，他又枪杀了两名被捕的中共地下党员，并且行刑前在香港各大报纸上发表公告，行刑地点都报出来了。然而无论谢成安怎么折腾，侦缉处都没有获得任何有用的信息。

按照谢成安的经验推理，中共派过来的至少是一个三人特工小组，他有些纳闷，香港巴掌大的地方，如此戒备森严，中共特工能藏哪里？

3

谢成安一筹莫展之际，在尖沙咀经营茶叶生意的老乡周晖打来电话，约他在铜锣湾的一家山东菜馆见面。"谢兄，我知道你手下的兄弟们正在侦察尤广仁和裁衣店葛老板被杀案……"周晖卖弄自己的那点信息。

"你怎么知道的？"谢成安故作惊讶地问。

"谢兄跟我交往这么久，难道不知道我的茶叶店有各路大神光顾品茶？在香港这个卵大的地方，能有瞒过我的事？实话告诉你，我还知道尤广仁尸首的下落呢。"

谢成安愣怔了一下，使劲儿看了看手里的话筒，突然笑了。他问道："真的还是假的？这件事你可别开玩笑，如果不能确定真假，最好别掺和。"

周晖信誓旦旦地说："如果有假，你摘了我的脑壳泡茶。"

谢成安升任警署侦缉处处长之前，就与周晖有过多次接触，因为有了老乡这层关系，俩人很快成了无话不谈的朋友。周晖平素交游甚广，为人仗义，身上有股豪侠之气，谢成安认识的好多朋友，都是周晖介绍过来的。

谢成安的脑筋飞快转动，考虑周晖所说是否有诈。沉默了一会儿，他说道："我当然知道周老弟神通广大，这样吧，你告诉我这些，想要多少钱？"

周晖在电话里哈哈大笑，说："我如果跟谢兄要钱，那不成了敲诈了吗？跟街面上的泼皮无赖一个爹妈了。就是因为我们是兄弟，你现在焦头烂额，想帮帮你，以后请你多多关照我。"

谢成安连忙说："那真是感谢周老弟了，你说吧，尤广仁的尸首在哪里？"

周晖没有直接回答，说道："这样吧，谢兄如果信得过周晖，那咱明晚，铜锣湾山东菜馆面谈。"

谢成安意识到这是一场骗局，既然周晖知道尤广仁尸首在什么地方，为什么一定要见面再说？很显然，周晖只是想约他出去，也就是"钓鱼"。周晖到底是什么人？他不像是被人利用了。在香港，还有谁比警署侦缉处更有用？再仔细推敲，又觉得很蹊跷。如果是中共特工设下的圈套，那就太幼稚了，这个时间点上，约他见面谈尤广仁的事情，稍有头脑的人都会怀疑这是一个骗局。想到这，谢成安慢条斯理地说道："明天晚上我有个应酬，不如中午，你看如何？"

"好！听谢兄的，中午就中午！"

周晖那边挂了电话，谢成安在办公室里来回走着，思索着。其实跟周晖的见面，无论在中午还是晚上都一样，他之所以把时间改为中午，只是制造一种假象，是故意让对方看出他的顾虑，知道他必定有防备。如果这是一场骗局，那对方也不敢轻举妄动。

第二天上午，谢成安在山东菜馆里埋伏了自己的手下，不多，也就两个人，暗中观察周围的动静。临近晌午，身着长衫的周晖独自一人迈着轻快的步子进入山东菜馆，坐在预定的雅间里，点了茶水，一个人坐在那里悠闲地啜饮着。埋伏在山东菜馆的两个便衣，确定只有周晖一个人，于是就走进雅间通知周晖，中午的会面改为铜锣湾的何记海鲜。"我们谢处长说了，由他来宴请你。请吧。"

周晖很不爽地说："谢处长搞什么鬼，说好了在这儿，怎么又改在了何记海鲜？"

周晖无奈地叹息一声，起身朝外面走去。何记海鲜酒楼跟山东菜馆只隔了一条街，大概走了十几分钟就到了何记海鲜酒楼。周晖看到门外站了不少警察，心里想，谢成安故意把警察摆在门面上，就是给他看的。

此时，谢成安已经在何记海鲜酒楼等候了，看到周晖走进酒楼包间，忙起身道歉，说他吃不惯山东菜，还是吃海鲜吧。周晖很不爽地说："跟谢兄吃个饭真累，屋里屋外都是警察，也太紧张了吧？"说着，瞟了一眼包间里的两个便衣。包间很大，只有周晖跟谢成安两人用餐，那两个便衣站在包间门口，眼睛一直盯着周晖，让周晖很不自在。

谢成安微笑着说："这些日子，香港出了几件事，不得不防啊。我们不绕弯子，你说吧，尤广仁的尸首在哪儿？"

周晖看了一眼身边的便衣，压低声音说："九龙公园的后山上，有人在那里采集沉香发现的。"

谢成安心里一怔，不动声色地问："采沉香的发现了……他怎么认识是尤广仁的尸首？"

"据说身后插着一块木牌，上面写着尤广仁的名字。就在九龙公园后山那片水杉林里，那地方我大概知道，饭后我陪你去找找。"

谢成安摇摇头，说这种小事不用我们亲自去。他招呼旁边的一名便衣，耳语几句，便衣点点头，快速出了包间，另一名便衣依旧站在门口。说话间，服务员已经端上了几道菜，谢成安热情地端起红酒杯，跟周晖碰了一下，感谢周晖给他提供了尤广仁的下落。周晖说："真假我也不知道，一会儿看尔手下找到没有。"

谢成安跟周晖吃完午饭，就在包间喝茶，等候行动队的消息。大约过了一个小时，便衣急匆匆走进包间，在谢成安耳边嘀咕几句，谢成安点点头，对周晖说："周老弟的消息真是准确，行动队找到了尸首，确认就是尤广仁的。"

谢成安说着，目不转睛地看周晖，想从他的脸上读出一些内容。周晖很得意地品一口茶。周晖说："其实这几个案子，香港市民早就街头巷尾地议论了，说你们警署是草包。"谢成安从周晖脸上收回目光，笑了："你就直接说我谢成安是草包好了，不过我觉得周老弟有些聪明过头了。"话音未落，谢成安脸上的笑容瞬间消失，冷漠地直视着周晖。

周晖惊讶地说：'谢兄话里有话呀，什么意思？"

"什么意思你心里知道。说吧，告诉你尤广仁消息的人是谁？"

周晖有些不高兴地说："我不能说出人家是谁，你应该知道江湖上的规矩，我如果说出对方是谁，今后谁还敢去我茶庄品茶闲聊？"

谢成安冷笑了一声，说："如果周老弟坚持不说，那我只能把你带回侦缉处，目前你是这个案子最重要的线索。"

谢成安朝包间里的便衣招手，两个便衣走到周晖面前，三两下就把周晖铐起来。周晖有些蒙了，没想到谢成安会突然变脸，竟然把他铐起来。周晖说："谢兄你这是干什么？我好心好意帮你，一分钱的好处不要，就是希望背靠大树好乘凉，你怎么能恩将仇报？这件事传出去，以后谁还敢给你提供情报？"谢成安走到周晖面前，略微弯腰，凑近周晖说："你要真是想帮我，那就说出谁给你提供的信息，这个人对我很重要。"

周晖从谢成安的表情上，看出谢成安是认真的，但他真不知道那几个人是做什么的。茶庄每天都有杂七杂八的客人去品茶，有熟脸的，也有生面孔，昨天在茶庄闲谈的几个人，他并不熟悉，品茶聊天后，他们买了一些普洱砖茶走了。他们走后，周晖就兴奋地给谢成安打电话，把听到的信息透露给谢成安。

周晖把事情原原本本跟谢成安说了，谢成安半信半疑，又问道："你怎么约我去山东菜馆呢？你知道我喜欢吃海鲜，怎么不约到海鲜馆？"

谢成安喜欢吃海鲜，周围的朋友都知道，但正好那天去茶庄品茶聊天的几个人，说山东菜馆换了新菜品，很有味道。周晖给谢成安打电话的时候，就随口说了山东菜馆。现在周晖回忆起来，心里"咯噔"了一下，似乎意识到这是一个骗局，自己很可能上当了。于是他忙掩饰说："我当然知道你喜欢吃海鲜了，听说山东菜馆有几个菜不错，想给你换一下口味。"说完，怕谢成安不相信，又发誓说，如果谢成安不相信，那就把他带回警署，他愿意配合警署调查清楚。

谢成安示意便衣给周晖打开手铐，他从周晖的表情上，判断周晖是被人利用了，看样子中共特工对他谢成安下了很大功夫，竟然知道他跟周晖的私人关系很好。这么一想，他心里有些慌，既然中共特工能知道他跟周晖的私交，一定也会知道他爱吃海鲜，或许现在中共特工就在海鲜酒楼门外的某个角落举着枪，正等着他走出去勾动扳机。真要这样，门外有多少警察都白搭，即便是抓住了中共特工，一命换一命，吃亏的还是他。

谢成安就想如何安全地离开海鲜酒楼，正思索着，目光无意中落在周晖身穿的灰色长衫上，突然有了主意。他让周晖脱下长衫，要跟周晖对换衣服。周晖不明白为什么，说"我穿你侦缉处长的警服，出门让你手下看见了，还不打死我？"谢成安对着一个便衣耳语几句，便衣点点头，对周晖说："周先生，请吧，我们把你安全送出去。"周晖终于明白了，谢成安玩的是金蝉脱壳，让自己给他挡子弹，但事到如今，他也只能听天由命，硬着头皮跟在便衣身后走出包房。

周晖跟两个便衣走后几分钟，谢成安站起来，一只手插在长衫的兜里，握紧兜里的手枪，从窗口偷偷朝外看去。他看到便衣陪着周晖走到一辆警车旁，给周晖拉开车门，让周晖上了车。他设想，如果中共的特工真在门外等候他，周晖跟两个便衣出去后，就可以将中共特工引开。然而一切都很平静，并没有他预想的枪声响起。他整理了一下长衫，戴上了周晖的金边眼镜，准备独自走出酒楼。他已经跟便衣交代好，让他们把车开到酒楼东侧的路边，他从便道走过去也就三五分钟，不会引起别人的注意。

谢成安刚走出包房，被门口一个服务生拦住，请他结账再走。平时出门吃饭，从来不用也结账，也就没有这个习惯。他有些不耐烦，却又不好发脾气，今天说好他请周晖，况且周晖已经走了，只能他结账。他退回包间，问服务生多少钱，边问边掏出钱包，就在他低头从钱包取钱的瞬间，一把匕首直插他的心脏。他沉闷地"嗯哟"一声，抬头看到服务生正朝他露出蔑视的微笑。他一阵懊悔，千算万算，还是没算过中共特工。他想伸手掏出长衫口袋里的手枪，刚一抬胳膊，身子扑通一下栽倒在地上，眼睛直直地盯着服务生，到死也弄不明白，中共特工怎么摸进来的。

服务生正是龚瀚文，他轻轻带上了包间的门，不慌不忙地走出了何记海鲜酒楼。龚瀚文扭偷瞥了一眼，门外的警察已经撤走了，东侧路边的那辆黑色轿车，还静静地停在那里。他快速闪进旁边的胡同，招手叫了一辆黄包车，消失在人流中。

其实，谢成安的推理没有错，龚瀚文确实做了很多功课，得知周晖跟他是老乡，交往甚多，于是就跟邓康商量策划了一番，特意安排几个人去周晖茶庄"演戏"，聊天中说出了尤广仁尸首的下落，猜准了周晖会立即向谢成安报信。而且，尤广仁的事情，他们只是蜻蜓点水地说了一嘴，再没多说，反而一直在聊山东菜馆的几个菜品如何好，就是给周晖一种心理诱导。聊天的几个人刚离开茶庄，周晖火烧火燎地给谢成安打电话，约定见面地点的时候，顺嘴就说了山东菜馆。周晖打电话的时候，龚瀚文走进茶庄，直接走到货柜前，去看摆放的样品茶，只给了周晖一个背影。周晖手舞足蹈地跟谢成安讲话，并没有避讳对面的龚瀚文。在他看来，如果顾客知道他约饭的人是侦缉处长，自己脸上更有面子。打完电话，他走到龚瀚文面前点头致歉，因为有些兴奋，主动邀请龚瀚文落座品茶，但龚瀚文却无闲聊的雅兴，拿了一款茶叶离去。

虽然谢成安把晚上见面的时间改为中午，但龚瀚文断定谢成安不会去山东菜馆。谢成安狡诈多疑，不会相信周晖，尤其是这么敏感的时期，必然会选择一个自己可以掌控的地方。谢成安喜欢吃海鲜，何记海鲜酒楼跟山东菜馆只隔一条街，他很可能把见面地点改在何记海鲜酒楼。龚瀚文让几个人在茶庄谈论山东菜馆的菜品，用意就在这里。

龚瀚文根本没去山东菜馆，他在警察布控之前，就已经潜入何记海鲜酒楼，当然这是心理斗法，赌赢了，就可以除掉谢成安，赌输了，只能再找机会。上午十一点多钟，侦缉处的警察突然清查了酒楼，在门外派了岗，然后护卫着谢成安进了包间。龚瀚文心里暗喜，这一次他赌赢了，绝不会让谢成安活着走出酒楼。

谢成安几乎把一切都想到了，就是没想到中共特工早就埋伏在他身边了。

龚瀚文离开何记海鲜酒楼半个时辰，黑色轿车里的便衣觉得不对劲儿，返回酒楼包间寻找谢成安，发现人已死了。

　　香港警署侦缉处处长大白天被杀，成为香港各报刊头条新闻，港英政府震怒，根据蔺晖和海鲜酒楼服务员的描述，请画师画了像，到处张贴告示，悬赏寻找破案线索，甚至动用了港英军队，配合警察展开搜捕行动。画师很有水平，画像跟龚瀚文本人有些相似。这种情况下，龚瀚文不能在香港久留了，邓康命令他暂停一切行动，躲避起来，同时想办法将龚瀚文送出香港。

4

　　香港警署在车站和码头都设了检查站，严格盘查离港旅客，似乎抓不住中共特工绝不收兵。这样熬了一个多月，龚瀚文有些沉不住气了，很不喜欢这种隐姓埋名、东躲西藏的生活，他准备化装成船员离开香港，被邓康坚决制止了。

　　龚瀚文心里惦记着妻子张秀芳，按照时间推算，她应该生育了，不知道情况如何。他也想念工农红军的那些战友，想尽快回部队跟他们一起冲锋陷阵，攻城拔寨，就算是牺牲了，那也死得痛快。

　　一天晚上，龚瀚文突然听到敲门声，他警觉地走到门口，小声问道："谁啊？"

　　门外回道："黄永安，我借你的书还给你。"

　　龚瀚文听出是邓康的声音，而且说的是暗语，忙打开门。果然，邓康手里拿着一本书站在门外，他警觉地看了一眼身后，才走进屋子。"邓书记，出什么事啦？"龚瀚文首先去看邓康的脸色，觉得肯定有大事发生，否则邓康不可能亲自到他住处。

邓康说："赶紧收拾东西跟我走，今晚离开香港。"

龚瀚文愣怔一下，说："我可以回部队啦？"

邓康摇摇头，说："一会儿再说，快跟我走，去上海，有新任务。"

龚瀚文更吃惊了，说："去上海……"他刚要问"去上海干什么"，突然意识到有些事情是不能问的，于是把后面的话咽进肚子里，快速收拾了行李，站到了邓康面前。

邓康看了一眼他手里的小皮箱，问道："里面没有多余的东西吧？"

龚瀚文明白邓康的意思，点点头说："就几件衣服和书籍。"

邓康不再说话，转身朝屋外走去。楼下停着一辆轿车，他们两人上车后，轿车直奔中环皇家码头。皇家码头有一家名叫"蓝月亮"的酒吧，老板是英国人，主管是中共地下党员，香港本地人。酒吧主要为船员服务，通宵营业，有欧洲人也有非洲人，出入的人员比较杂，便于藏身，因此这里是香港地下党最隐秘也是最安全的联络站。邓康带着龚瀚文走进蓝月亮酒吧，主管在门口等候多时了，引领他们去了一个贵宾包房。包房里有一个穿戴洋气的男人，三十岁左右，端着一杯洋酒慢慢品着，看到邓康和龚瀚文走进来，忙放下酒杯站起身，由于速度太快，酒杯差点倾倒。

邓康对龚瀚文说："你看谁在等你？"

三十多岁的男人刚要跟龚瀚文拥抱，听了邓康的话，反而站在那里不动了，笑眯眯地看着龚瀚文。显然，他要看龚瀚文是什么反应。龚瀚文愣怔了一下，仔细打量面前的男人，突然说道："陈铭！陈书记！"

陈铭忙朝龚瀚文摆手示意小点声音，同时一把将他抱住，用双臂使劲儿箍了两下。龚瀚文挣脱开陈铭的双臂，仔细打量他的面孔，看着看着忍不住笑了。"我还是不敢相信，怎么会是这样啊！"龚瀚文一副如痴如醉的样子，他怎么也想不到自己的两位入党介绍人，现在都站在他的面前。

龚瀚文跟邓康和陈铭，都是在工人纠察队里认识的，广州起义失败后，各奔东西，邓康到了香港，陈铭去了广东南海，龚瀚文参加了工农红军，自此再也没有联系过。那时的很多战友，牺牲的牺牲，走散的走散，还有一些人背叛了革命，他们三人能在香港见面，真是一件幸福的事。

邓康说："陈铭来接你去上海中共特科工作，你现在成了王牌特工，成香饽饽了。"

龚瀚文愣了一下，反应过来后有些焦急，看着邓康和陈铭问道："我能不能不去上海，还回部队带兵打仗？我想痛痛快快打那些狗孙子！"

陈铭听了龚瀚文的话，刚才的喜悦瞬间从脸上消失，屋内的气氛有些压抑。邓康反应比较快，也最了解龚瀚文的心情，他介绍了陈铭现在的身份，说道："陈铭是代表组织来的。"

广州起义失败后，陈铭去了上海，在中共特科总务科工作。总务科的工作，实际就是做后勤保障的，负责购买枪支弹药等中共中央机关所需的一切用品。后来，又从总务科转到情报科，专门负责收集各种情报。香港警署侦缉处长被除掉的消息传到上海，特科的同志都私下打探是哪位英雄收拾了谢成安，太解气了。陈铭也很兴奋，觉得这个人如果到上海特科工作多好啊，自从中共中央机关迁回上海后，国民党上海警察局在国民党中央组织部调查科的直接指挥下，对中共中央机关实行围剿，大肆逮捕中共高层领导和地下党秘密联络员，很多地下党员被残酷杀害，致使一些信念不强的地下党员背叛组织，成为国民党反动派的爪牙，疯狂破坏地下党秘密组织，出卖自己的战友，中共中央机关面临严重威胁，亟须以牙还牙，打击国民党特务的嚣张气焰，惩治叛党分子，保护中央机关和党的领导人，因此中共特科成立的"打狗队"正在选拔队员，加强力量。当即，陈铭秘密联系了老朋友邓康，一问才知道除掉谢成安的特工是龚瀚文，而且得知邓康正焦急地要送龚瀚文离开香港，于是忙给中央机关负责人详细介绍了龚瀚文的情况，负责人听了，指示陈铭跟邓康联系，并让他亲自到香港将龚瀚文接到上海。

陈铭拉着龚瀚文坐下，给他简单介绍了中共中央机关当前的现状。他告诉龚瀚文，就在前几天，国民党特务抓捕了一男一女两名地下党员，惨无人道地用马匹将他们在大街上活活拖死，然后将血肉模糊的两具尸体丢在街头。陈铭说："在战场上冲锋陷阵是战斗，在隐秘战线保护党组织和党的重要领导人，铲除叛党走狗和国民党特务，也是战斗，而且在隐秘战线上更需要胆识、智慧和信念，要付出更大的牺牲！"

"去吧瀚文，上海需要你。"邓康拍了拍龚瀚文的肩膀。

龚瀚文听了陈铭的介绍，已经暗暗攥紧了拳头，按捺不住心中的怒火。这时候，陈铭突然想起一件重要的事情，说道："哎哟，忘了告诉你，你妻子张秀芳在监狱顺利生下了一个女孩，他们母女得到了监狱的照顾。"

龚瀚文一惊，忙问道："真的？你怎么知道的？"

陈铭认识张秀芳，广州起义时，张秀芳带着孩子到广州陪同龚瀚文的时候，陈铭去家里吃了几次饭，对张秀芳印象很好。陈铭是个细心人，到香港接龚瀚文的时候，顺路去广州看望张秀芳，得知张秀芳在狱中，而且快要生孩子了，心情非常沉重，立即联系广州地下党组织想办法营救，并通过熟人疏通监狱关系，给张秀芳单独一个监室，改善了她的伙食，并在孩子出生的时候提供了必要的医疗帮助。

陈铭愧疚地说："很遗憾，我没有营救出张秀芳，不过我们的组织还在跟当局交涉，他们抓捕张秀芳，目的是要知道你在哪里，是要抓捕你。前年你被法国警察抓了，被组织营救出来后，当局才得知高州特务营兵变，你是秘密组织者。"

邓康"哦"了一声说："他们反应过来已经晚了，就要拿你妻子出气。"

陈铭安慰龚瀚文说："负责张秀芳监室的狱警，地下党组织已经联系上了，狱警对他们母女有特殊照顾。现在监狱也看明白了，张秀芳根本不知道你的下落，估计也不会为难她。"

"知道我那两个孩子在哪里吗？"龚瀚文焦虑地问。

"张秀芳入狱后，你女儿被一个阿姨带去了澳门，儿子送到香港一个亲友家里。"

"我儿子也在香港？"龚瀚文吃惊起站起来，目光投向窗外。灯火璀璨，夜色很美，有那么一扇窗户的灯光下，有他的儿子。想到这里，他心潮起伏，真希望自己变成火眼金睛，能从万家灯火中看到自己惦念的儿子。

酒吧的主管匆匆走进来，对陈铭说："一切都安排妥当，可以上船了。"

邓康握紧龚瀚文的手说："我不能上船送你，就在这里分手吧。你去上海，如闯龙潭虎穴，一定要保护好自己。"

龚瀚文点点头，豪气地说："在战场上，子弹都躲着我飞，什么枪林弹雨都见识过了，放心吧，我死不了，一定活着回来看你！"

两人紧紧拥抱。

当夜，龚瀚文跟着陈铭坐上了一艘从香港开往上海的货船，在茫茫的大海中，迎着风浪，朝着漆黑夜晚中的那一点光明驶去。

龚瀚文与陈铭在船上，几乎通宵未眠，聊的全是上海的事情。陈铭介绍了中共特科"打狗队"的情况，并传达了特科负责人的指示，任命龚瀚文为"打狗队"队长。同时，陈铭也介绍了国民党政府在上海设立的机构，重点介绍了上海警察局两大"反共高手"，一个是警察局稽查、国民党中央驻沪调查专员王永秋，另一个是警察局密探林大福，他们两人多次破坏中共秘密组织，抓捕地下党重要人物，恶贯满盈。还有几个叛徒，配合国民党特务引诱和搜捕地下党员，给上海的地下党组织带来严重威胁，必须尽快除掉这些败类。

　　为了便于工作，陈铭建议龚瀚文以商人的身份出现在上海，究竟做什么，要看龚瀚文有什么特长。龚瀚文想了想，说自己可以开一个陈皮店，主要经营陈皮和沉香，这两种东西是他家乡的"特产"，而且他父亲在马来西亚卖过沉香。陈铭觉得挺好的，具体事情交给特科总务科去操办，让龚瀚文先熟悉上海的生活环境，静候上级行动的命令。"我已经提前给你安排好了住处，特科这边，安排我直接跟你联系，没有重要事情，我们最好不要见面，我会让秘密联络员跟你联系的。"陈铭把一张纸条给了龚瀚文，上面是租赁房子的详细地址。

　　货船清晨到达上海码头，两个人上岸后立即分手。陈铭双手抱拳说道："祁老板，你慢走，后会有期。"

　　龚瀚文愣了一下，才意识到陈铭是跟他打招呼，他现在是陈皮店的老板，名叫"祁广辉"。于是忙对陈铭拱手还礼，说道："陈老板保重，就此一别，后会有期。"

5

　　上海的冬天有些阴冷，尤其是早晨，整个城市被一层薄薄的雾气轻笼着，薄雾在晨曦的浸染中，浮动起柔和质感的亮光，在狭长的弄堂里飘来荡去。龚瀚文拎着皮箱走在弄堂里，崭新的皮鞋踩在湿漉漉的青石路上，发出咯噔咯噔的声响，这声响一直往弄堂的深处延伸着，让原本静谧的弄堂更显空寂。由于雾霭的原因，他每走过一处房门，都要放缓脚步，凑到门口，仰头瞧瞧门楣上的门牌号码。从今天起，这条弄堂里的某一处民宅就要成为自己在上海的住处了。昨天，他还躲在香港租赁的房间内，心情很郁闷，不知道要躲避到什么时候，今天却西装革履，在上海的弄堂里气宇轩昂地走着，时空的跨越，让他有一种恍若隔世的感觉。

按照纸条上的地址，他在弄堂里找到了一个小院。小院的门紧闭着，隔着门，龚瀚文听到院子里有走路的声音，他轻轻地敲门。

"哪位？"门没开，门内传出沙哑的女声。

"陈老板介绍来的房客。我姓祁。"龚瀚文对着两扇门板，跟里面的人自我介绍。

片刻，两扇木门吱呀呀敞开，一位身穿深灰色旗袍的中年妇人手把着一扇门，侧身而立。龚瀚文见这妇人身材颀长，高鼻梁、大眼睛，眼角处布满细密的皱纹，猜想她有五十多岁。

"是从广东过来的邓老板？"妇人问道。

"哦，是我，我叫……"龚瀚文顿了一下，差点忘了自己的名字，"祁广辉。"龚瀚文朝妇人微笑着。

妇人看了看龚瀚文手里提的皮箱子，说道："祁老板请进。"

龚瀚文进了院子，跟着妇人朝屋内走，边走边观察小院。小院不大，却很整洁，有一面墙根下，摆放了很多花草。院子北面三间正房，西面两间配房。跟小院相邻的是一个大杂院，里面大概住了五六户人家，听上去很嘈杂。小院跟大杂院只隔一堵墙，一闹一静形成鲜明的反差。在上海能有这么一个独立小院，真是太幸福了。

"阿姨，我怎么称呼您？"龚瀚文问道。

"我姓王。"妇人不冷不热地回道。

"哦，王阿姨。"龚瀚文手拎皮箱向妇人躬了躬身，"我是初次到上海，今后在您这里住着，还望王阿姨您多多关照。"

王阿姨带着龚瀚文，来到西边的两间配房前，说道："我们这里除了安静，条件可是有限得很呢。祁老板还是先看看房子，再做定夺也不迟。"

龚瀚文正欲跨进屋内，忽然看到正房的门打开，一个年青女孩站在门口，露出半个身子，朝龚瀚文看一眼，就缩回身子，房门随即掩上。尽管没走出屋子，但龚瀚文看清了她的眉眼，是一个很好看的女孩子，有着窈窕的身段和白皙的皮肤，还有一双美丽的眼睛。他愣怔了一下，感觉这双眼睛跟他的妻子张秀芳很相似。

"祁老板！"王阿姨在屋内叫了一声。

龚瀚文回过神来，赶紧快步走进屋内。一厅一室两个小房间，房内摆设虽简单，却一如院子里一样地干净整洁。龚瀚文四下看着，不断点头。

"王阿姨，这房间很好啊！"龚瀚文说。

王阿姨的面孔依旧是板着的，淡淡说道："祁老板，您满意吗？"

"王阿姨，这里环境不错，屋里、院外清爽干净，我非常满意。"龚瀚文兴奋地说。

"那好吧。"王阿姨吁出一口气，"祁老板既然您决定要在这里住下来，我有句话可得说在前头。"

龚瀚文见王阿姨一脸正色地盯着自己，忙说："阿姨，您但说无妨。"

"祁老板，实话跟您说，这房子我没打算出租，是我女儿答应的。

她本来住这两间屋子，却突然搬进我居住的屋子里。因为出租房子的事，我跟她闹了几天别扭，最后还是拗不过她。"

龚瀚文听完，有些尴尬地说："真对不起阿姨，我给您添麻烦了。"

这时，窗外有只飞鸟在玻璃窗上扑棱了一下，又迅疾飞走了。屋内两个人的目光都被窗户上的动静吸引过去，等再回过头来，龚瀚文看见王阿姨的脸色似乎更为严厉了一些。

"祁老板做生意到处跑，想必也清楚如今这年月，外头乱成了什么样子。她爸爸走了快二十年，我一个人拉扯她长大，已经习惯了两个人的生活，突然来一个外人，肯定很不方便。祁老板住这儿，不能把乱七八糟的人领到这里来。"

王阿姨盯牢龚瀚文的一双眼睛，抿紧双唇，等他表态。龚瀚文想了想说："王阿姨，我听懂您的意思了。您放心，我来上海也是因为这世道乱，钱太不好挣，才打算过来闯一闯的。我小本生意，在上海也不认得几个人，您放心吧，我不会把任何人领到家里来。"

"那就好。祁老板，我就这一个女儿，是我的命根子。如果有哪个阿猫阿狗敢欺负我女儿，我就跟他拼命！"

龚瀚文听了，不知道该怎么接话，正窘迫时，王阿姨转身朝屋外走去，说"祁老板您忙吧，我不打扰您了，屋子哪里不如意，您收拾一下"。龚瀚文连忙点点头，送王阿姨出门后，轻轻掩上房门，然后走进卧室，一仰身倒在暄软的床上，头枕双手。他一路折腾，有些累了，想休息一会儿再起床收拾屋子。

他闭上眼睛的时候，眼前突然晃动着妻子张秀芳的身影，不知道她在监狱生完孩子怎么样了。他有些想她了。

龚翰文和张秀芳都出生在广东新会县的水南乡。水南乡是有名的华侨之乡，那里商贾云集，富人极多，是土匪经常光顾的地方。为此，很多富庶人家的居所都是高墙深院，修建着碉楼，有的甚至在家中储藏着武器弹药，借以防范土匪。龚翰文的父亲早年在马来西亚做生意，龚翰文三岁时，父亲回到故乡，重修屋宇，与老婆孩子厮守着，过起了闲云野鹤的富庶生活。父亲每天早晨起床后，在院子里活动一下身体，然后回到客厅，斜倚在海黄木榻上，手托一把紫砂小壶，一边看书，一边把小巧玲珑的紫砂壶嘴送至口中，轻轻含着，小口啜饮，满屋子飘荡着普洱和陈皮的清香。在龚翰文的印象中，父亲除了吃饭，就是在那张榻上歪着身子看书、饮茶，而且永远是那个姿势，那样一副很虔诚的面孔。等到龚翰文五六岁的时候，父亲把他拉到榻前，指了书本上密密麻麻的汉字教他读，给他讲字义。龚翰文是家中最小的孩子，也是唯一的男孩，本来就深得父亲宠爱，而他又天资聪慧，学字断句很快，父亲满心希望他将来去国外留学，成就一番事业，为龚家光宗耀祖。

除了学字断句，父亲偶尔也教他一些拳脚，算是陪他玩耍，也锻炼了身体。水南乡有习武的传统，男男女女从小就舞枪弄棒的，除了强身健体外，也是防范贼人入侵。龚瀚文不仅读书好，习武也很认真，使刀舞棒，一招一式一拳一脚，都有模有样的。当然，他最感兴趣的还是家中那把短枪。短枪就挂在客厅墙上，很精美，像是一件辟邪的器物。水南乡家家户户的墙上，几乎都会挂一把短枪和一把长刀，用来震慑贼寇。龚瀚文每天都要让父亲摘下短枪，拿在手里玩弄几下，也就是几下，很快就会被父亲要走，重新挂在墙上。他很想拿着短枪到大街上晃荡一圈，这个梦想始终没有实现。

习武之乡自然就有很多武馆。在这些武馆中，名声最大的是鸿远武馆，掌门人是南拳高手，培养出了很多优秀的弟子。龚瀚文十岁那年，父亲把他送到鸿远武馆，磨炼他的意志。尽管很苦，但因为喜欢，龚瀚文一直坚持了下来。随着年龄的增长，他迷恋上那些接近身体极限的运动，身体也发生了神奇变化。腿肚子上不断增重的沙袋一旦卸下，他就有一种身轻如燕、快步如飞的感觉；托举石锁，让他肩背的肌肉快速生长，有了一种力拔山兮气盖世的气魄。

水南乡每年都有比武大赛，武馆的学员基本全员参加。龚瀚文十五岁那年获得了少年组冠军，在水南乡崭露头角。也就是这一年，张秀芳从别的武馆转到了鸿运武馆。武馆里的女学员并不少，像张秀芳这样好看的女生却没有，自然引起了男生的注意。那年张秀芳也十五岁，身体发育得很饱满，已经亭亭玉立了。有几个男生私下打探张秀芳的底细，才知道她家只是本地乡下的一个小财主，家中没有男孩，只有三个女儿，她是老二。尽管水南乡习武的女孩子不少，但张秀芳并不喜欢习武，只是父亲觉得孩子当中，应当有一个习武的，于是把她送到乡下的武校。乡下的武校条件简陋，学了五六年后，她听别人议论有个鸿远武馆如何如何好，就跟父亲提出了要求。因为鸿远武馆学费挺高，父亲犹豫半天才答应了。

自从龚瀚文拿了少年组冠军，平时很多训练，都是龚瀚文当领队。有一次，几个坏小子在训练中故意欺负张秀芳，龚瀚文二话不说，左右开弓，就把几个坏小子撂倒在地。龚瀚文说："你们有本事跟我过招，跟女生要威风，狗屎一坨！"被打的男生没一个敢吭气的，他们跟龚瀚文确实不在一个档次上。

龚瀚文帮张秀芳出气，并不是因为喜欢张秀芳，只是一个正义少年本能的举动。但张秀芳内心却很感激他，瞅了个机会凑到他身边，很深情地看着他，想表达感谢之意，龚瀚文却不解地问她有什么事情，张秀芳说"没事"，龚瀚文就说"没事好好练拳去，练好了拳脚，看谁还敢欺负你！"

一晃一年，又到了比武季节，龚瀚文觉得参加少年组比赛，就算再拿一个冠军，也没什么值得自豪的，于是他跟教练提出请求，想报名参加成年组比赛，教练没答应，他便准备离开鸿远武馆。教练得知后很惊讶，找他谈话，问道："你要走可以，但告诉我什么原因，是觉得拿了冠军，我教不了你了？"

龚瀚文连连摇头，说道："我不是这个意思。"

"那为什么要走？"教练追问。

龚瀚文很硬气地说："我要参加青年组比赛！"

教练心里明白了，沉默了片刻，说道："你现在正是长身体的时候，参加青年组比赛，万一有闪失，就可能毁了你一辈子。"

龚瀚文说："参加少年组比赛，就没有危险吗？如果怕危险，那就别习武了。"

教练张了张嘴，没找到应答的词汇，只好说道："那好，你今天打得赢我，就让你参加比赛，打不赢我，就老老实实待在这儿苦练。"

"为什么打不赢你就不能参加比赛？"

教练霸气地回了一句："因为我曾经是冠军！"

龚瀚文愣怔了一下，情绪一下子低落了，在嗓子眼咕噜了一句："打就打……"

"怕了？要是没底气，趁早走开。两军交战勇者胜，还没交手心里就胆怯，你已经输了一半。"

教练说着，转身就要离开，龚瀚文鼓起勇气冲上前，拦住了教练的去路，一个大鹏展翅，拉开了架势。教练瞅着龚瀚文，想笑。一个乳臭未干的小嫩孩儿，装模作样瞪圆了眼，做出一脸凶相的样子，好可爱。

教练也跨出马步，想逗逗龚瀚文，跟他过几招，看他有多少本领。

龚瀚文深知教练功夫深厚，自己根本不是他的对手，不过有这么好的机会，就算打败了，不能去参加比赛，对自己也是一次很好的锻炼，于是勇敢地朝教练扑了过去。

最初教练闪躲腾挪，只是躲避龚瀚文的进攻。龚瀚文像一头到处乱撞的小鹿，一会儿就累得气喘吁吁，他很快就意识到，教练是在故意消耗自己的体力。龚瀚文转而步步为营，以退为进，机智地避让开教练的拳脚。忽然，教练一记直拳迎面而来，龚瀚文歪头躲过，不想教练的直拳突然转向，胳膊死死勾住了龚瀚文脖子。破解这一招，需要四两拨千斤，平时的训练中，教练已跟龚瀚文演练过无数次。龚瀚文习惯性钳住教练卡住自己脖子的那条胳膊，猛地一个拧身，再下蹲，使出全身的力气，将教练整个身子从自己头顶摔过去。

其实教练使出这一招，就是想检验一下龚瀚文掌握动作要领的熟练程度，没想到龚瀚文有这么大的力气，竟然把他摔倒了。教练从地上爬起来，看着龚瀚文笑了，说道："长力气啦。"

龚瀚文有些兴奋地问："我可以去参加比赛了吧？"

教练收回笑容，点点头："瀚文，你真想去，我答应，但要记住，你还小，力气还没长齐，要想在比赛中击败对手，不要蛮干，要动脑子，一定要以巧取胜！"

龚瀚文咬着嘴唇点了点头。

比赛的那天，教练带着武馆的学员，在场边给龚瀚文呐喊助威。最初登台跟龚瀚文比式的几个汉子，看到面前是一个稚气的小孩，都有些轻敌，想三下五除二摔倒龚瀚文，却被龚瀚文打下擂台。后来几位参赛选手就不敢大意了，但跟龚瀚文过招，总有一种使不上力气的感觉。

龚瀚文一路过关斩将，最终走到了决赛，对手是去年的冠军。此人身材短小，弹跳力强，出手速度很快，最杀人的绝招是"饿鹰捕食"。教练有些担心，偷偷叮嘱龚瀚文，让他的下三路，防他的上三路。龚瀚文点点头，但上台比武时，却很注意对手的"撞拳"。他观察过对手的比赛，感觉对手的撞拳爆发力很强，只是很少使用。

事实上，对手去年凭借"饿鹰捕食"获得冠军后，这一年专练"撞拳"，"撞拳"已成为他的杀手锏，但因为前面的对手并没有对他构成太大的威胁，他凭借"饿鹰捕食"就赢下了比赛。不过，他也观察了龚瀚文的特点，感觉龚瀚文身手敏捷，闪躲腾挪的速度很快，自己的"饿鹰捕食"难以出奇制胜，于是在比赛中，"饿鹰捕食"的招数只是幌子，最终使出来的就是"撞拳"绝招。在他看来，这一拳出去，龚瀚文必定眼冒金星，当场晕倒。不想龚瀚文早有防备，在他使出"撞拳"的时候，突然下蹲，攻击他的下三路，一个"踹裆"再接一个"扫荡腿"，他当即趴在地上，身子蜷缩成一团。

台下爆发出阵阵欢呼声。

教练带着鸿远武馆的学员冲上台，跟龚瀚文激动地拥抱着。张秀芳也跟着冲上去，但她不能拥抱龚瀚文，只能在一边傻笑，等到大家松开龚瀚文的时候，张秀芳突然走上前，用手帕擦去龚瀚文满脸的汗水。在那个激动人心的时刻，她这个动作和谐自然，并没有引起别人的注意。但龚瀚文却注意到张秀芳满眼柔情，注意到她羞红的脸色，甚至闻到了手帕上淡淡的香气。

龚瀚文获得青年组冠军之后，成为水南乡的"名人"，引起很多人的关注。当然最关注他的还是张秀芳，龚瀚文每次看到她时，发现她那双会说话的眼睛，总是在偷偷注视着他。十六岁的少年龚瀚文，内心充满了甜蜜。不过武馆纪律严明，训练很紧张，龚瀚文平时跟张秀芳交流的机会很少，彼此的情感也只是停留在少男少女的爱慕上。

这样过了两年，他们都到了十八岁的年龄，临近武馆毕业时的一天，突然有大批的警察包围了武馆，男学员一个也不准出去。龚瀚文听着外面杂乱的脚步声，在武馆内急得团团转。就在这时，一只手伸了过来，拉了他一把。龚瀚文猛一抬头，见张秀芳抱着一团衣服站在身边。

"快换上衣服！"张秀芳急促地对龚瀚文说。

龚瀚文一下子明白了，他感激地看了一眼张秀芳，快速换上衣服，要往外跑，又被张秀芳拽住。"跟我一起走！"张秀芳拽了一把龚瀚文，两个人跟随在几个慌乱的女生后面朝外面跑去。路过门口警察身边的时候，张秀芳装出恐惧的样子，把龚瀚文的上半身摁在自己怀里，一边跑一边喊叫。警察有些烦躁地催促女生们快走，并且还在张秀芳后背上拍了一巴掌。等到女生都跑出武馆，警察关闭了武馆的大门，开始抓人。

张秀芳和龚瀚文出了武馆大门，快速进入后面的树林里。这时候，张秀芳才停下脚步，松开了龚瀚文，有些羞涩地站在一边。龚瀚文看着张秀芳，看着看着，一把将她抱在怀里。张秀芳挣扎了一下，很快就不动了，她的嘴唇已经被龚瀚文的嘴唇摁在下面……

吻过张秀芳之后，龚瀚文突然说道："我想娶你，你答应吗？"

张秀芳仰起头，看着一脸真诚的龚瀚文，说道："你先告诉我，为什么警察要抓你？"

龚瀚文想了想说：'如果我不说，你就不答应我吗？"

张秀芳说："你不说，就是不相信我。"

龚瀚文反问："那你相信我吗？"

张秀芳想都没想，答道："我当然相信你。"

"相信我就别问，有些事情是不能说的。"龚瀚文停顿了一下，不想让张秀芳误会，又解释说，"我向你保证，绝不会做坏事，永远不会做对不起你的事。"

张秀芳点点头，不再问了，双手抱住龚瀚文说："我愿意嫁给你。"

龚瀚文家境富裕，在他夺得青年组冠军那年，就有很多人上门说亲，介绍的都是当地富豪家的大小姐。他的父亲却一个没答应，准备龚瀚文从武馆毕业后，送他去法国读书。当听说龚瀚文跟一个小财主的女儿好上了，非常生气，狠狠地教训了他一顿。恰在这时，有警察找上门，说有人举报龚瀚文参加了"农协会"，要带走龚瀚文审查。龚瀚文的父亲向警察保证自己的儿子没参加"农协会"，并且给了警察一些好处费，把这事平息了，随后就开始安排龚瀚文的出国事宜。

然而，龚瀚文并不想出国，他告诉父亲说，自己一定要跟张秀芳结婚。父亲暴怒，如果他敢跟张秀芳结婚，那就离开这个家，什么也不会得到。龚瀚文倔强地说："我什么都不要，就要张秀芳。"

张秀芳得知龚瀚文的父亲不同意他们的婚事，其父正在为他办理出国事宜，心里很难过，两天没有吃东西。这时候，龚瀚文出现了，张秀芳喜出望外，没想到他会明目张胆地到她家。龚瀚文告诉她，他已经跟父亲闹僵了，想去广州打工，问她愿不愿意立即跟她结婚。张秀芳毫不犹豫地说："你去哪儿我就去哪儿，这一辈子跟你永不分离。只是，打工会很苦，我可以吃苦，你是公子哥，能吃苦吗？"

龚瀚文说："再苦我都愿意，总不会比习武苦吧。"

张秀芳一想也对，打工再苦，也苦不过在武馆习武，习武十几年这份苦不是常人能忍受的。于是她又说："你为了我，跟家庭分裂，什么都放弃了，会不会后悔？"

龚瀚文坚定地说："我相信自己的选择，绝不后悔。"

就这样，张秀芳义跟龚瀚文无反顾地结婚了。结婚后，张秀芳很快有了身孕，所以没有跟随龚瀚文去广州打工。"省港大罢工"时，龚瀚文在广州参加了洋务工会，加入省港罢工委员会纠察队，并在邓康和陈铭的介绍下，加入了中国共产党。张秀芳留在家乡抚养孩子，她本能地感觉到龚瀚文在外面做的是大事，但从来不问。龚瀚文结婚后曾经叮嘱过她说："我的事情你最好不要知道。"

后来，张秀芳带着孩子去广州找他，他正好在忙"广州起义"，聪明的张秀芳自然看得明白。其实，她帮他从武馆逃脱警察的追捕时，心里就有了疑问，觉得他跟普通人不一样。结婚后，从他的言谈中，知道他是有抱负的男人，就像家乡救国救民、做大事情的大人物梁启超似的。广州起义失败，他去工农红军带兵打仗，张秀芳尽管知道很危险，整天为他担心，但从来不分散他的精力。她对他说："无论你做什么，我知道都是对的，无论你在哪里，我都会等你回来。"

龚瀚文躺在床上想念着张秀芳，不知不觉间，泪水盈满眼窝。他擦了一把泪水，索性什么都不想，要踏踏实实睡一觉。他告诫自己，内心不能有太多的儿女情长，更不能有一丝一毫的动摇和犹豫，他需要充沛的精力和体力，随时投入到战斗中。

不知不觉中，他睡熟了，因为太疲惫了，竟然睡得很沉。

突然间，一阵敲门声把他惊醒，他从床上弹跳起来，习惯性地把枪抓在手中，这才想起自己是在上海的房东家里。他敏捷地走到门口，从门缝朝外看去，发现房东的女儿站在门外，犹豫了一下，轻轻打开门。

"你好，祁老板，没吃午饭吧？"女孩手里端着饭菜，微笑地看着龚瀚文。

龚瀚文忙掏出怀表看一眼，才知道已过了午饭时间，自己一觉睡了四五个小时。他微笑着对女孩说："谢谢你，不用了，我马上就要出门。"

他说得很坚决，女孩愣了一下，说道："好吧，不勉强了。你有什么事情需要我帮忙，就告诉我，别客气。"

龚瀚文连一声谢谢都没来得及说，女孩就转身离开，走回北屋正房。他看着女孩的背影，突然想，如果陈铭选好了陈皮店的地址，他应该回一趟水南乡选购陈皮，正好可以去广州监狱看一眼妻子张秀芳，不知道陈铭能不能同意。

龚瀚文本来没有出门的打算，但既然跟房东女儿说自己马上要出门，也就不好待在屋里了。他确实饿了，想吃点东西，但不能接受女孩的饭菜。尽管她认识陈铭，但他却不熟悉她，也就不能完全相信她。做这一行，必须小心谨慎，把事情想复杂一些。

他披了一件风衣，掩门而去。

6

按照跟陈铭的约定，龚瀚文第三天中午去了一家小菜馆，陈铭已经在门口等候他了，见面后双手抱拳，说道："祁老板来了，请里面坐。"

龚瀚文也急忙双手抱拳，说道："让陈老板久等了。"

两个人走进里面的小雅间，这才相互看一眼，笑了。龚瀚文迫不及待地问陈铭，陈皮店铺找到没有，陈铭却不着急，问龚瀚文想吃什么，吃完饭再说事。龚瀚文让他先说事，否则没心思吃饭。陈铭告诉他，陈皮店铺已经找好了，在四川路217号。龚瀚文很兴奋，对陈铭说"我有个请求，不知道合不合适"。陈铭一下子就猜中了，说"你是不是想回家乡购买一批陈皮？"龚瀚文不好意思地笑了，说"我只是问问，知道这不可能"。陈铭很理解地点点头，说"你是不是想回去看看父亲了？"龚瀚文听了，忍不住叹息一声，不知该说什么。龚瀚文因为跟陈铭是好朋友，广州起义时曾经跟他说过自己的情况。所以这次见面，陈铭特意问龚瀚文是否跟父亲和解了。龚瀚文说自从跟父亲"决裂"后离开家，再也没有回去过。

"我们革命者，更懂得亲情，懂得感恩，懂得我们为谁而奋斗而牺牲，正因为这样，我们才把这些情感藏在心里。"陈铭动情地看着龚瀚文。

龚瀚文点点头，说道："谢谢陈兄。"

陈铭解释说："你应该比我清楚，他们抓了张秀芳，就是要找到你的下落，你回去不是自投罗网吗？购买陈皮的事，你不用操心了，我会委托朋友去办。"

龚瀚文低头，一直沉默着。

"张秀芳那边，广州地下党组织一直在努力，有了消息，我会告诉你。"

龚瀚文还是不说话。恰好菜馆服务生将饭菜送进来，陈铭指着饭菜说，低声说："快吃吧，别想那么多了。"

龚瀚文抬起头问道："什么时候有任务？"

"到时候会有人通知你的。瀚文，我说过几次了，上海比香港复杂得多，我们的中央机关在这里，国民党政府的防范重点也在这里，到处都是走狗密探，你一定要倍加小心。"陈铭叮嘱说。

龚瀚文尽管过去没到过上海，但上海的情况他还是知道的。十里洋场的上海与香港、广州相比，帮派势力众多，三教九流如过江之鲫。青帮、特务、巡捕房、难民、泼皮无赖，各色人等聚集一处，为寻求生路进行着各自的表演。看似热闹的城市，每时每刻都暗流涌动，你无法预料这汹涌的暗流在哪一天的哪个时刻，就会掀起滔天的浊浪。

龚瀚文突然想到了房东的女儿，问道："我见过房东女儿了，说跟你是朋友。"

"她叫冉墨宣，在一家报馆工作，我也是刚认识不久，在一起聊天很投缘，感觉她是一个进步青年，那天她听说我要找房，主动提出去她家住，说她家有闲房，也挺安静的。"陈铭看到龚瀚文的表情有些疑虑，忙问，"怎么啦？你觉得有问题？"

龚瀚文摇摇头，说道："她很热情。不过，我觉得让她知道的事情越少越好，我还是喜欢单独出租的房屋，不跟任何人打交道。"

其实龚瀚文对女孩印象不错，很温暖，似曾相识，有种要跟她交流的欲望，然而身处陌生环境，敌我斗争尖锐复杂，对于任何人，都不能带个人情感。

陈铭点点头说："我明白了，我尽快寻找单独租赁的房子。"

"房子不急，我想尽快见到我的队员。"龚瀚文说完，站起身子走了几步，看得出心里很焦急。"打狗队"有十名队员，平时都是分散居住，相互联系很少，有行动时才聚在一起。前两年，"打狗队"有几十名队员，大都是从部队一线挑选来的，会使用各种枪械，枪法神准。但几次大的行动后，有的队员暴露身份，不得不离开上海，还有的被捕牺牲了，现在的十几名队员，有一半是临时招来的，并没有当过兵，有的甚至不会用枪。龚瀚文焦急跟队员联系，是要熟悉每一位"打狗队"队员的特点，尽快对他们进行训练，根据他们的特点分派任务。

陈铭答应，最近两天就让"打狗队"副队长程雨亭跟龚瀚文接头，把队员集中起来，跟他这个新上任的队长见面。两个人吃了一个多小时的饭，龚瀚文却并没有吃太多东西，陈铭催他快吃，他却放下筷子，不想吃了。陈铭结了账准备离去，龚瀚文把服务生喊过来，将剩下的饭菜打包带回去。陈铭忍不住笑了说："连吃带拿啊。"

大约过了三五天，副队长程雨亭打扮成一个商人，穿风衣、戴礼帽，气宇轩昂地去了龚瀚文住处。恰好小院的门开着，龚瀚文在院子里晒太阳。上海的冬天，难得有阳光，他坐在一把竹椅上，很悠闲地看着书。程雨亭走到小院门口，看到院子里看书的人，断定是龚瀚文，于是轻声问："是祁老板吗？"

龚瀚文站起来说："我是，怎么称呼？"

程雨亭说："我姓程，祁老板要的陈皮到了。"

龚瀚文一听，忙说："程老板，屋里说话。"

龚瀚文带着程雨亭朝屋里走，房东王阿姨从正屋走出来，站在门口看着龚瀚文，一脸不高兴。龚瀚文主动解释，说朋友来谈点生意，马上就走。王阿姨说："我不管是谁，你来的第一天就告诉你了，不要带乱七八糟的人来。"

龚瀚文有些尴尬地说："王阿姨，我朋友不是乱七八糟的……"

"我哪里知道他是什么人，脸上又没刻着字。你要是再这样，那就搬走好了。"

龚瀚文还想解释什么，被程雨亭制止了。程雨亭说："祁老板，我们出去找个地方说话吧，不要让房东不高兴。"

龚瀚文无奈地摇摇头，跟程雨亭离开小院。两个人离开居民区，去了江边，边走边聊。程雨亭早就听说龚瀚文在香港"打狗"的传奇故事，今天见面很兴奋。他向龚瀚文介绍了打狗队的情况，最后两个人商定，明天在龙门路40号召集队员们开会，讨论下一步的行动计划。

龙门路40号是上下两层的一栋小楼，在居民区内。一楼是杂货店，穿过杂货店到后院，有一个很窄的楼梯，从楼梯上二楼，就是他们聚会的地方。这里存放着"打狗队"的枪支和弹药，平时没有队员居住，只是作为会议室用来碰头的。队员们分散居住，是为了防止被特务盯梢后一网打尽。

龙门路40号一楼的杂货店，是地下党秘密联络点。杂货店门口挂着一串风铃，前来开会的队员看到挂着风铃，知道一切正常，就放心地穿过杂货店去后院，如果风铃不在了，他们就会像路人一样从杂货店门口走过，然后快速离去。

龚瀚文到聚会地点的时候，"打狗队"的队员到齐了，副队长程雨亭已经组织队员开了个小会，传达了特科负责人的指示和要求，介绍了新任队长龚瀚文的情况，大家都很兴奋，见到龚瀚文后，迫不及待地问"打狗队"下一步的计划。龚瀚文笑着说："下一步的工作，就是我们彼此熟悉，形成工作默契。"

龚瀚文让每个队员介绍了自己的情况，他发现队员的成分很复杂：刘小光17岁开始学厨师，后来在一所大学食堂做饭；陈一石是美术学院毕业的，曾经开过字画店；陈学友和董全胜都是从部队挑选过来的，当兵前陈学友卖菜，董全胜卖过鱼，都是上海本地人；张善峰曾在纱厂当工人；朱永明当过码头工人；张明德是人力车夫……十个人中，副队长程雨亭和赵子干的枪法最好，他们在部队的时候就是神枪手。龚瀚文决定立即进行射击训练，让队员们把枪打好，"打狗"不能总用打狗棍和绳子，关键时候还是子弹跑得快。

队员们都赞成进行射击训练，只是训练场地不好找，上海可不是乱打枪的地方。大家商量了半天，也没想出好主意。陈一石突然说："我们可以去海上打枪呀，海上没人听得见。"

龚瀚文兴奋地看着陈一石说："这个办法好，你能搞到船吗？"

陈一石摇摇头，眼睛盯着董全胜。董全胜明白了，说："我试试看。"

董全胜加入"打狗队"后，并没放弃老本行，在鱼档行市场上开了一个鱼摊，用来掩护自己的身份，张明德和张善峰因为不是本地人，也就在董全胜那里当杂工，有个居住的地方，还可以用来掩护自己的身份。或许因为董全胜长得憨厚，顾客比较信任他，生意做得挺火爆，赚了不少钱。大家跟他开玩笑，说他是革命和赚钱两不误。这也挺好的，他赚来的钱都交给了"打狗队"，作为活动经费。董全胜卖鱼，跟好多渔民认识，聚会结束后，他就去找渔民商量，还真租到了两条渔船。

陈铭专门给"打狗队"购买了一批先进武器，主要是各种手枪和手雷。十几个人打扮成出海打鱼的，分坐两条船，去了吴淞口外的海面，在海上设立了浮动靶位，龚瀚文把打枪的窍门传授给他们。

半个月的训练后，龚瀚文惊奇地发现，厨师出身的刘小光，可能因为职业原因，拿枪时手腕很稳，射击精准，跟他一样有天生的悟性。学美术的陈一石，长得就是一副学者模样，说他是大学教授，肯定有人信，虽然戴着一副近视镜，打枪也挺准。最差的是卖鱼的董全胜，虽然当过兵，但枪法一般，学了三天就没耐性了，说自己"打狗"不用枪，用宰鱼刀就行了。他有一把宰鱼的短刀，月牙儿形状，一直佩戴在身上。他使用宰鱼刀就像龚瀚文使用麻绳那样利索，也很有艺术感。

吴淞口外的大海上，除了训练射击之外，他们还下海游泳，顺带着跟渔民学习捕鱼技能。陈一石还躺在船上，悠闲地创作了一幅画。龚瀚文利用难得的机会跟队员们交流，大致了解了每个人的性格，也跟大家增进了友谊。

结束射击训练后，龚瀚文跟副队长程雨亭商量，把"打狗队"分成两个组，他们俩各带一个，这样有利于执行任务。根据队员们的特点，龚瀚文跟刘小光、董全胜、赵子干、张善峰为第一小组，程雨亭跟陈学友、朱永明、张明德、陈一石等人为第二组。第一组和第二组的任务分工也略有不同，在执行任务时，第一组负责冲锋陷阵，第二组负责警戒和掩护。龚瀚文觉得刘小光比较机灵，语言表达能力也不错，而且居住的地方距离四川路不远，决定让刘小光跟随在自己身边，在陈皮店当小伙计。为了安全，队员们都是分散居住，彼此并不知道居住的地址，当中需要一个联络人。陈一石长了一副书生相，有文化，人也机灵，就指定他为"打狗队"的联络人，有什么事情由他分头去通知大家。这个角色很重要，他不仅要熟悉上海的各条街道，还要知道队员们居住的地方。

龚瀚文带领队员海上训练的这些天，都是吃住在渔船上。房东家的女儿冉墨宣发现龚瀚文几天没回来，觉得奇怪，问母亲房客哪里去了，母亲气呼呼地说，管他去哪儿了，说好了不要带杂七杂八的人来，他却不守规矩。冉墨宣仔细一问，才知道前些天有人来找龚瀚文，被母亲训斥了一通。冉墨宣耐心说服母亲，龚瀚文是房客，要对人家客气一些。母亲嘴里唠叨，说本来就不该把房子出租给外人，弄得家像旅店。冉墨宣谎称龚瀚文是自己老师的朋友，也只是暂时住这里，总要给老师一些面子吧。

母女正赌气，龚瀚文回来了，手里拎着一兜小杂鱼，是他们在海上捕捞的。此时天色已晚，冉墨宣屋里亮着灯光，龚瀚文去轻轻敲开。母女俩听到敲门声，冉墨宣刚要去开门，王阿姨却抢先去了。

"王阿姨你好，我这几天跟朋友去玩，出海打鱼了。"说着，龚瀚文把手里的一兜杂鱼递给王阿姨。

王阿姨瞅了一眼鱼兜，没伸手接，淡淡地说："我们不喜欢吃鱼。"

龚瀚文有些尴尬，不太明白王阿姨为什么这么冷淡。这时候，冉墨宣从王阿姨身后伸手接过了鱼兜，说她喜欢吃鱼。王阿姨转身朝她瞪眼，冉墨宣装作没看见，对龚瀚文说："谢谢祁老板。你几天没回来，我妈有些担心，问我几次呢。"

王阿姨气呼呼地说："那是你担心！"

龚瀚文笑了，说道："不打搅王阿姨和冉小姐了，你们忙吧。"

龚瀚文转身离去，王阿姨随后把门关上，警告冉墨宣，平时少跟龚瀚文搭讪，说这种整天在外面漂着的人，没几个好东西。冉墨宣想跟母亲争论，转念一想，罢了，说的再多，母亲也不会相信。冉墨宣知道，母亲是担心她被男人欺负了。她已经24岁了，母亲虽然焦急把她嫁出去，但又觉得哪个男人都不可靠。母亲经常拿父亲做反面教材，当初母亲跟父亲结婚的时候，父亲在银行工作，很帅气很朴实的小伙子，可是后来还是跟一个女人好上了。父亲三十几岁病逝，这么多年过去了，母亲一直耿耿于怀，并没有原谅父亲。母亲经常说："我跟他结婚，就得到一所房子和一个孩子。"言外之意，他们之间根本没有情感。

冉墨宣在报馆工作，报纸是国民党政府的工具，但在工作中，她有机会认识各个阶层的名流，接受了很多新思想，因而对国民党政府残酷追杀民主人士的行径很不满，认为共产党是为普通人的利益去奋斗的。她认识陈铭后，在跟陈铭的交流中，感觉陈铭是有正义感的男人，有思想有品位，对他颇有好感。尽管陈铭告诉她自己是律师，但她隐隐感觉到并不这么简单，至少他跟共产党有交往。

她并没有加入中国共产党的想法，但却希望有机会能跟中国共产党员接触，了解这群有理想有信念的人。

7

距离春节还有不到一个月，上海四川路217号的"新会陈皮店"低调开张了，很多喜欢陈皮食材的人，纷至沓来，毕竟像这样专门经营新会陈皮的店铺，在上海并不多见。店铺不大，却收拾得古朴典雅，货架上摆放了大大小小的陶罐，里面放了不同年代的陈皮，最老的皮有三十年的。店内摆放了一张茶几，专门煮泡不同年份的陈皮茶汤，供顾客品味。

店老板龚瀚文穿一身青蓝色长褂，手腕上挂着百年沉香制作的串珠，坐在茶桌前给顾客端陈皮茶汤，解答各种提问。店伙计刘小光穿一身灰色对襟褂子，听着老板和顾客的吆喝声，小蜜蜂一样跑来跑去。一主一仆，看上去都很专业，也很喜庆。

这天，店里来了一男一女，男人有三十出头，戴鸭舌帽，穿一身黑色风衣，衣服领子立了起来，遮住了半面脸。女人也就二十几岁，很时髦，里面穿一身长袖旗袍，外面披了一件风衣，头发是大波浪卷。从言谈举止上看，两个人应该是情侣关系。

女人走进屋子，不停地翕动鼻翼，说"好甜好香啊"。因为陈皮的缘故，店内确实有一股甜润的味道，沁人心脾。她指着不同年份的陈皮陶罐，让刘小光拿到柜台前，逐个放在鼻子下闻，举在手里仔细看。男人似乎对陈皮并不关心，他在屋里四处瞅着。女人看完陈皮，招呼男的说："你来看，这是最正宗的新会皮。"男人漫不经心地走过来，看了看几个陶罐，随即把目光落在龚瀚文身上。

"老板哪里人？贵姓？"男人问道。

龚瀚文笑着迎上去，说道："免贵姓祁，示耳祁，四川广元人。"

女人看着龚瀚文说："哦，祁老板，四川也有陈皮吧？但川皮远不如新会皮。"

龚瀚文招呼他们坐下喝茶，说道："看得出，小姐很懂陈皮，请赏光，来，喝茶。"

女人坐到茶几前，端起龚瀚文刚炮制出来的一杯陈皮茶，抿一口，说道："这是二十年的陈皮茶汤。"

"真想不到你这么年轻，竟然是行家。"龚瀚文惊讶地说，他随手拿起摆放在茶几上的几块陈皮，送到女人面前，"你看这几块皮……"女人拿在手里看了一遍，挑出其中一块说："我喝的茶汤，是这一块皮。"

龚瀚文点点头，断定她是真正懂陈皮的人。他心里有些好奇，这么年轻的女孩子，怎么会对陈皮感兴趣，一定有原因的。然而又不好细问，只能朝女人竖起大拇指。他说："小姐喜欢用陈皮泡茶还是做菜？"

女人说："都喜欢，陈皮是保健和食疗的传统食材，以及饮膳调味品。"

龚瀚文接上话茬说："是的，陈皮很早的时候就被广泛使用。大书法家米芾曾在吴江垂虹亭作过一首诗，其中就专门谈到柑的妙用：断云一片洞庭帆，玉破鲈鱼金破柑。好作新诗吟景物，垂虹秋色满东南。"

女人略带惊讶地抬头注视龚瀚文，说道："祁老板不像是商人，倒更像是做学问的。"

龚瀚文爽朗地笑了，说自己因为做陈皮生意，自然要熟知陈皮的功效。"我能闻出哪是五年皮哪是十年皮，单凭辨别陈皮茶色，就知道陈皮的年份。五年陈皮煮水，色淡，宛如明前龙井茶汤，年份越久，煮出来的陈皮水颜色越重。二十年后的陈皮水，色如普洱，却比普洱清澈透亮。从陈皮的色相看，一两年的陈皮，内表雪白，外表淡黄；二十年以上的陈皮，表面油点均匀密集，黑黝黝的，用手搓揉几下，会呈现出如同小叶紫檀般的光亮。"龚瀚文说着，就把茶几上那块二十年的陈皮送到女人面前，请她仔细看陈皮的"油点"。

女人心服口服地频频点头。

龚瀚文又说，陈皮是传统的中药材，可以健脾理气，化痰止咳，生津解渴，自古以来，大户人家喜欢用陈皮作食材，如红焖猪蹄或者烧牛腩，加入陈皮后，别有一番风味。如果将陈皮在火上烘烤，捣成粉末，揉到面食里面，咬一口便是满嘴的清香。"小姐还可以把二十年以上的陈皮，放在枕头旁边，不仅对睡眠很有好处，还能净化房间内的空气。年份很久的陈皮，有一股豆瓣酱发酵的醇厚，伴有老红糖的甜润和糯米的香气，掺杂着一股柑的清爽。"

女人赞赏地说："看得出来，祁老板做了很多年陈皮生意了，是专家。"

男人也装模作样拿起陈皮看几眼，但显然对陈皮不感兴趣，转弯抹角打探龚瀚文的身世，问他什么时候到上海的，从哪里过来的，老家广元还有什么人……这些问题，龚瀚文早就想了多次，回答起来从容不迫。甚至，他还描述了家乡的地理风貌，邀请女人有空闲去广元走走，而且最好是酷暑时节，那里是避暑的好地方。最终，男人有些不耐烦了，站起来催促女人离去。

一男一女离去后，店里没有顾客了，刘小光惊讶地看着龚瀚文，问他怎么会说四川话，而且说得这么好。龚瀚文随即说了一段山东快书，然后又说了上海话、河南话和湖南话，刘小光佩服得五体投地。龚瀚文说，无论哪里的话，他只要听了，就能模仿出来。龚瀚文似乎天生就是干特工的料，不仅有语言天赋，还会变身术，稍微捣鼓一下，立即变成另一个模样，比如戴上一副牙套，立即改变了面部形象。

刘小光当即要求拜师，让龚瀚文教他一些本领。刘小光在龚瀚文到上海之前，刚刚成为"打狗队"队员，他的介绍人是副队长程雨亭，两个人是老乡。这几年刘小光得到了程雨亭的很多帮助。有一次，程雨亭被特务盯上了，情急之中去了刘小光住处，在刘小光的帮助下得以脱险。刘小光知道了程雨亭的身份，也要求参加"打狗队"，正好"打狗队"缺人，程雨亭就同意了。

刘小光对龚瀚文说："我除了拿刀切菜利索一些，其他没什么特长。"

龚瀚文鼓励他说："你脑子聪明，学什么都快，就说打枪吧，你学得最好。"

的确，龚瀚文在跟刘小光相处的过程中，越来越喜欢这个小伙子了。

新会陈皮店的生意不错，龚瀚文与刘小光每天忙忙碌碌的，转眼就过了腊八，街面上开始热闹起来，年味越来越浓了。龚瀚文和刘小光的日子过得很平静，平静得有些俗气，如果说有变化，也就是一个更像陈皮店老板、另一个更象陈皮店的小伙计了，他们的身份已经被周围很多人所熟知，每天都会有脸熟的人经过店铺门口，朝里面吆喝一嗓子："祁老板忙啊！""祁老板鸿运当头，发财发财！"嘴里吆喝着，脚步并不停歇，匆匆而去。

龚瀚文的生活也很有规律了，每日早晨去陈皮店的时候，顺路买几份报纸，到了店里，把报纸丢在一边，先烧水煮茶，自然是用陈皮煮水，冲泡普洱茶，很快就有沁人心脾的甜润香气在店内飘散开。这时候，他才拿起报纸，一边品茶一边看报。表面上，龚瀚文很平静，其实每次看报纸，他都压抑着自己的情绪。在报纸上，偶尔可以看到工农红军的消息，让他想念一起在战场上厮杀的战友，渴望重新回到部队打仗；也经常看到因叛徒出卖被害的地下党员，这时他就无比痛心，恨不得立即去清除败类，为牺牲的同志报仇。然而一切都需要保持耐心，他就像一支弦上的利箭，等待一声命令，立即呼啸着直射敌人的心脏。

　　龚瀚文每日早出晚归，从住处到陈皮店，再从陈皮店回到住处，两点一线。每当傍晚走进弄堂，看着一个个熟悉的房门，他就会不由自主加快脚步，等到进了小院，看见王阿姨家的灯光，心头便涌动起一股暖流。他已经把暂时安身的住处，当成自己的家了。自然，在王阿姨眼里，他像一个正常的上海市民了，平时跟他说话的时候，也不再冷冰冰的，有了一些温度。尽管如此，龚瀚文还是有意躲避王阿姨女儿冉墨宣，担心引起王阿姨的误会。

　　这天早晨，龚瀚文在陈皮店沏好茶水，抓起一张报纸浏览。因为时间还早，店里没有顾客，"店伙计"刘小光也拿起一张报纸看，看着看着，突然间跳起来，拍打着报纸气愤地说："祁老板，这个叫于茅村的记者太坏了，天天写这种狗屁文章，辱骂共产党吹捧国民党，妖言惑众，我哪天偷偷溜进报社，用菜刀劈了他！"

　　刘小光看到的是一篇反共文章，作者是报社的总编于茅村，也就是房东女儿冉墨宣的上司。这个人有些才气，却没用到正经地方，每天就想着为国民党反动政府唱赞歌，大肆诋毁共产党，对于国民党特务残害中共地下党员的恶行津津乐道，甚至鼓吹血腥暴力，呼吁将中共地下党"连根铲除"。

其实像于茅村这种反动文人，并不少见，气愤归气愤，但不能冲动。龚瀚文觉得刘小光情绪不对，就说："小光，这话说说可以，但不能真的去做。我们是有组织的人，到什么时候都要听从组织安排，绝对不能意气用事啊！"

"组织、组织在哪儿呢？二十多天了，俩大活人，天天围着这堆坛坛罐罐转，再这样下去，我看咱俩真成了卖陈皮的了！"

刘小光说话的声音很大，龚瀚文瞪了刘小光一眼，让他闭嘴。面红耳赤的刘小光却挺直身子，毫不示弱地迎着龚瀚文的目光说："我实话跟您说吧，如果再这样下去，我还回去当厨师，在这儿太没意思了！"

"刘小光！"龚瀚文将手里的报纸往桌上一摔，倏地站了起来，直视刘小光。

刘小光把头扭到一边，不吱声了。

龚瀚文意识到自己的举动有些偏激，毕竟刘小光刚加入"打狗队"，还不是党员。他叹一口气，目光和语气都变得柔和起来："小光，我想问你为什么参加我们队伍？是为了混饭吃吗？"

刘小光梗了梗脖子说："如果是为了混口饭，还有比我当厨师再好的差事吗？我参加你们的组织，是要替天行道，把这些乌龟王八蛋全杀了，让受苦的人有出头之日！"

龚瀚文点点头："你说的对，我们革命，就是要让天下受苦的人得解放。报纸上，天天都有我们的战友因为叛徒的出卖被逮捕和牺牲，你以为我喜欢天天坐在这里喝茶看报？我像你一样，恨不能将那些可恶的叛徒一个个除掉，可你别忘了，靠我们一两个人，打不垮国民党政府，我们要将全世界的无产者团结起来，反抗压迫和剥削，让所有人都过上幸福美满的生活。要实现这个目标，必须有纪律，服从指挥听命令。"

刘小光一脸愧疚地看着龚瀚文，说道："队长，我说浑话了……"

龚瀚文走到刘小光身边，伸手在他的肩膀上轻轻拍了两下说道："小光，你是正直善良而又聪明的人，我希望你好好学习斗争经验，在店铺里，不要多说话，因为你不知道顾客中谁是坏人。"

这时候，已经有几个顾客走进店内，刘小光忙走上前招呼顾客。年前来的顾客，女人偏多，都是选购陈皮做食材，预备过年炖肉或煲汤的。刘小光嘴巴挺甜，哄得几位太太小姐很开心，让刘小光帮她们挑选陈皮。

刘小光正为太太和小姐忙碌着，一个中年男人走进店，手里拿着一张卷起来的报纸。刘小光看到后，忙打招呼："先生，来了，看看我家的陈皮？"

"近来家母心火太旺，咳嗽多痰，多方求医问药，都不见好转。听人说陈皮是味神药，不知你店可有三十年以上的陈皮？最好是糯米香的。"中年男人说着，目光在货架子上寻找着。

龚瀚文听了来人的话，不动声色地走上前，说道："我家陈皮是正宗的新会皮，有三十年以上的，糯米味儿，就是价钱偏贵！"

龚瀚文说着，偷偷观察来人的表情。

"为治家母顽疾，莫说金钱，搭上性命又何足挂齿！"中年男子看着龚瀚文，轻轻点点头。

暗语已经对上，龚瀚文抑制住内心的兴奋，从货柜上取了一个陶罐，拿到茶几处，请男子鉴定，说道："先生，您看一下，这是三十年的陈皮，糯米香。"

男人将手中的报纸放在茶几上，从陶罐中拿出一块陈皮仔细查看：

"给我包上四两。"说着，他给龚瀚文使了个眼色，站起身子，随手将龚瀚文刚看过的报纸抓起来，卷在手里。

龚瀚文应答着，将陶罐交给刘小光，说道："四两三十年皮。"

刘小光称量出四两陈皮，包好递过去。中年男人取了陈皮，付了款，道了一声谢，走出店铺。店内又来了几位顾客，刘小光忙打招呼。龚瀚文走到茶几前，不动声色地将男人丢下的报纸抓在手里，去了存放陈皮的库房，小心地展开报纸，觉得奇怪，里面并没有包裹东西。再仔细看，这是几天前的一张旧报纸，上边有一个地方，用黑色墨水笔打了一个"×"。这篇文章他前几天看过，是报社总编于茅村写的，吹嘘中共叛徒分子何家才"觉悟"后，加入国民党政府上海警察局，在搜捕中共地下党中屡建奇功。恰巧，这个"×"就打在何家才的名字上。

龚瀚文跟陈铭乘船从香港到上海时，陈铭通宵给他分析上海严峻形势，曾提到过"何家才"这个名字。据陈铭讲，这个何家才曾经是上海地下党组织的秘密联络员，被国民党特务抓捕后，随即叛变。由于做过地下联络员，此人熟知我们秘密联络站的一些特征，也大致掌握一些地下党员的资料，有几位同志惨死在他手上，他因此也成了缉捕中共地下党的"英雄"。

龚瀚文明白，上级给"打狗队"下达了除掉何家才的命令。

8

龚瀚文召集程雨亭几个主要队员，商量除掉何家才的计划。程雨亭告诉龚瀚文，"打狗队"一直想除掉何家才，但过去的两次行动都失败了。何家才很少在公开场合露面，即便是出门，也必定把自己伪装起来，或者变成老人，或者戴墨镜戴礼帽，很难辨认他的相貌。而且两次脱险后，何家才如惊弓之鸟，更加小心谨慎了，住所飘忽不定，稍有风吹草动，就躲得无影无踪。

程雨亭对何家才的介绍，让龚瀚文产生了兴趣，迫不及待地想跟何家才过招。他决定先摸清何家才的住处，再选择下手的机会。根据得到的一些线索，何家才大概住在公共租界的乌鲁木齐北路。龚瀚文干脆采取笨办法，他从报纸上找来何家才的几张照片，反复比对，记住他相貌的几个特点，然后手里提着一包陈皮，装扮成上门送货的，在公共租界的乌鲁木齐北路几个比较集中的居民区转悠，遇到一些上了岁数的大爷大妈，就上前聊几句，谎称自己忘记客户住的门牌号，要给客户送货。有时候，他也会直接进入一个大杂院，问何家才是否住这里。就这样转悠了几天，没找到一点线索。

这天，乌木鲁齐北路的一辆黄包车上，走下一男一女，看上去是有些身份的人，路边蹲着的一个乞丐似乎等到了机会，慌忙跑上去，拦住这对男女乞讨几个小钱，女的因为躲避乞丐差点摔倒了，身边那男的二话不说，抡起胳膊，三两拳就将乞丐打倒在地，然后狠狠地踹了几脚。

这对男女扬长而去，倒在地上的乞丐半天没一点儿动静。这一幕，恰巧被路过的龚瀚文看到，他估计乞丐受了重伤，过去一看，乞丐鼻孔流血，双目紧闭。恰巧不远处就有一个私人诊所，龚瀚文一个人拖不动乞丐，就去诊所请医生帮忙。医生赶到现场，一看是个乞丐，吃惊地看着龚瀚文，说道："一个叫花子！你管这闲事干啥？"

龚瀚文笑了笑说道："叫花子也是一条命，我信基督教，没办法，让我遇见了，耶稣在看着我呀，我不能不管。如果不能救，就算了，如果还有救，看病的费用我来支付。"

医生无奈地摇摇头，蹲下身子查看乞丐的情况。这时候，附近的十几个乞丐都围了上来，在一边看着。医生检查完后告诉龚瀚文，乞丐因为饥饿和寒冷，身体虚弱，再加上重重的殴打，暂时休克。龚瀚文就招呼几个乞丐，把受伤的乞丐抬到诊所，经医生处理后，并无大碍。

龚瀚文给医生支付了看病费用，离开诊所，正在路上走着，身后十几个乞丐追上来，拦住他的去路。龚瀚文以为乞丐要趁此敲诈他，警惕地瞅着面前的几个乞丐。这时候，有一位四十出头的乞丐对着龚瀚文双手抱拳，说道："这位先生是侠义之人，请受我一拜。"

一边的乞丐忙介绍说："他是我们这地界的帮主。"

帮主客气地点点头："就喊我阿三好了。感谢先生义气之举，不知道有什么可以为你效劳的？"

龚瀚文明白了，笑了笑说："帮主不必客气，我只是举手之劳。"

阿三仔细打量了龚瀚文一番，说道："这种举手之劳，可不是人人都能做到的。先生天庭饱满，气宇轩昂，绝非等闲之人。据我的兄弟们说，你在这条街上转了三天，可是要找什么人？"

龚瀚文愣怔了一下，随即说道："好眼力。我确实在找人，有位客户要了点陈皮，我却忘了客户的门牌号，没几天就过年了，人家肯定等着用。"

阿三做了个怪相，对龚瀚文嘲讽似的一笑。"先生不必说谎，都是江湖人，我敢说，你在寻找仇人。"阿三看着龚瀚文的眼睛，继续说，"如果你真不需要我们帮忙，那就算了，如果需要，我这些兄弟都归你派遣，你说吧，这地界哪个角落他们不熟悉？"

龚瀚文心里一阵兴奋。是呀，街面上还有比乞丐再熟悉的吗？他们比那些巡警都熟悉每一个角落。"请帮主一边说话。"他把阿三带到一边，说何家才是自己的老乡，他们十几个老乡从四川老家到上海打工，挣了点血汗钱，全让何家才骗走了。阿三一听，气愤地说："江湖讲的是道义，这种不仁不义的败类，就算在我们丐帮，也要让他去见阎王。我没见过真主也没见过耶稣，今天见了你，你就是真主就是耶稣。"

"劳烦帮主了，这是他的照片。"龚瀚文掏出报纸上的照片，递给阿三。

阿三把十几个乞丐招呼过来，举着照片说："告诉所有兄弟，只要这人在我们地界上，挖地三尺也要找出来。"

龚瀚文跟阿三约好了碰头地点，没想到只过了两天，阿三手下的小兄弟就发现了何家才的行踪，说他当晚进了霞飞路一家叫"天茗阁"的茶馆。龚瀚文来不及通知程雨亭他们，只带上了刘小光。两个人走出陈皮店的时候，龚瀚文将外面窗口平台上一盆开得正盛的君子兰搬下来，放在了窗根底下。这盆花是跟特科联络员和"打狗队"队员们联络的暗号，君子兰摆放在窗台上，表示一切正常，从窗台移至窗根，表示有行动外出。如果花盆打碎，则表示此联络点被破坏，情况万分危急。

龚瀚文和刘小光快速来到霞飞路的"天茗阁"茶楼，发现门口墙上贴着《霸王别姬》的海报，两人买票进了茶楼，戏还没开演，黑压压的观众一片嘈杂。龚瀚文判断，如果何家才到茶楼看戏，一定会去二楼包间。他跟刘小光找了个座位坐下，慢慢品茶，眼睛瞅着二楼的包间。包间的灯光虽然亮着，但光线暗淡，隐约能看到里面几个人，却看不清面孔。茶楼也就二十几个包间，半封闭的，敞开的一面正对着楼下的小舞台。戏开始的时候，大堂的灯光暗下来，只有戏台的灯光亮着。这时候，包间暗淡的灯光，就显得明亮了很多。龚瀚文和刘小光悄悄站起身，上了二楼。

包间外的楼道很安静，龚瀚文和刘小光分别从楼道两头走过来，样子是在寻找包间号，从每个包间门口走过时，仔细倾听包间内的动静。随着舞台上演员们精彩的表演，台下的观众爆发出阵阵叫好声。根据何家才行事小心谨慎的特点判断，有叫好声的包间，何家才都不会在里面。这样来回走了两趟，确定只有一个包间很安静，龚瀚文就跟刘小光耳语几句，刘小光快速离去，他一个人蹲守在外面隐蔽处。

何家才就在这个包间，他正跟国民党的一个特务汇报最近得到的情报。已经不是第一次交易了，三杯茶水入肚，该说的话都说完了，特务把装着十几块大洋的锦袋递给何家才，何家才也不客套，一把抓过锦袋，看也不看直接塞进了裤兜。特务没有雅兴听戏，站起身跟何家才打声招呼，先行离开。何家才没有走，一直坐在包间里，眼睛看着戏台，却无心听戏。他其实在等时间，要等到散场时再走，那时候人多，他很容易隐藏在人群中，随着人流混出茶楼。

蹲守在外面的龚瀚文，看到包间里走出一位魁梧的男人，从体型上就断定不是何家才。他闪到一边，等着第二个人出来，等了半天，却没有动静。龚瀚文很纳闷，如果就一个人，没必要进包间吧？他耐心地等下去。

舞台上的戏终于结束了，演员登台谢幕，台下一片掌声。包间里的何家才把身边一件非常臃肿的衣服穿在身上，戴上一顶礼帽，帽檐压得很低，然后把唱戏人用的络腮胡子粘在脸上，拄着一根拐棍，站起身出门。

龚瀚文听到散场的掌声，正焦急地想办法进包间去瞅一眼，突然包间的门开了，走出一位白胡子老头，胖胖的身躯，拄着拐棍走路时，一条腿一瘸一拐的。他眺了一眼老头，目光没过多停留在他身上，愣神的时候，老头朝楼下走去。他反应过来，急忙跟着下楼，散场的人都拥挤在门口，龚瀚文眼看着何家才混入人群中，他在人群中挣扎拥挤，好不容易挤出茶楼门口，早已等候在那里的人力车，已经拉着最早出门的人，朝着各条街道走去，人力车的铃声响在远处。

刘小光按照龚瀚文的要求，早就在门外叫了一辆人力车等候着，看到龚瀚文出门，忙迎上去，不动声色地看着。龚瀚文悄悄问："看到一个白胡子老头了吗？"刘小光茫然地摇头。

龚瀚文无奈地叹息一声，说："撤吧。"

两个人就此分手，各自回家。

龚瀚文回到住处，已经十一点多了，他推开院门，发现冉墨宣的屋子还亮着灯，灯光透过窗户，把橘黄色的光淡淡地铺在院子里。龚瀚文放轻了脚步，动作很轻地打开自己的房门，回身关门时，看到冉墨宣屋内的灯光一下子灭了，院子里一团漆黑，这灯光似乎专为他留的。

他站在门口，看着黑了灯的窗户，愣怔片刻。

9

何家才从眼皮子底下跑掉了，龚瀚文很恼火，甚至感觉到一种羞辱感。耳闻是虚，眼见为实，这次他亲眼见识了何家才的狡猾，深知这个人不尽快除掉，对中共地下组织危害太大了，也难怪他到上海的第一次任务，特科负责人就选择了何家才。

龚瀚文召集队员们开会研究对策，最后决定，他和刘小光在陈皮店，等待丐帮阿三的消息，其余人回到居住处，哪里也不能去，就在住处待命，只要有了何家才的消息，立即全员出动，绝不能让他再溜掉了。

消息来得很快，龚瀚文没想到第二天傍晚，阿三就派人到陈皮店送信，他们发现何家才去了怡春院。龚瀚文不焦急了，只要何家才去了怡春院，一时半歇出不来，甚至会在里面折腾一夜，明天早上才能离去。他当即拿出一块大洋打赏送信的乞丐，没想到乞丐死活不要，他们帮主阿三说了，龚瀚文他们这些人就是菩萨，来解救穷苦人的，一个铜板都不能收。龚瀚文听了，感慨地摇摇头，对刘小光说，这些乞丐虽穷，也经常干偷鸡摸狗的事情，但他们比何家才之流更有江湖侠义。

当即，龚瀚文让陈一石通知队员们，到龙门路40号碰头，商量行动方案。怡春院是一家高档妓院，就在中华路后面，紧挨着国民党上海警察局，街面上通宵都有警察巡逻，肯定不能开枪，因此不能让何家才走出妓院再动手，必须在妓院内把他干掉。赵子干急忙请战，说他一个人进去就可以干掉何家才。卖鱼的董全胜承认赵子干的枪法好，但在妓院用不上，他掏出随身携带的宰鱼刀比画了一下，说收拾何家才，用这把小弯月刀足够了。陈一石也争着要进去，说自己不知道妓院里面什么样子，从来没进去过。刘小光嘲笑陈一石，说"你拿着画笔进去捅死何家才吗？"

几个人正争论时，程雨亭突然想起一件事，说他曾经执行过一次任务，去怡春院跟里面的杂工接头。杂工六十多岁，负责给各个房间送水。众人一听，说这事更简单了，想办法找到杂工，让他摸清何家才在哪个房间，进去一刀捅死就行了。程雨亭摇摇头，说"怡春院很可能是我们一个秘密联络点，如果何家才死在怡春院，妓院就会引起国民党密探的注意"。

龚瀚文立即明白了程雨亭的意思，说如果是这样，绝不能让何家才死在怡春院。陈一石急了，说道："你们刚才说绝不能让何家才出来，现在又说绝不能让他死在里面，那到底让他死还是让他活？"

龚瀚文略一思忖，说道："我有一个大胆的想法，能不能把何家才从妓院抓出来，找个地方审判后再处死，让他死个明白。"

　　赵子干惊讶地瞪大眼睛，说道："好啊，应该好好审判这孙子，我当审判官，我判他个千刀万剐！"

　　程雨亭也觉得这个办法很好，弄到一个没人的地方处死他，不牵连任何人。不过怡春院有自己看家护院的保镖，每天晚上门口站着两个大汉，想从妓院把一个大活人弄出去，实在太难了。龚瀚文似乎已经有了主意，他让程雨亭带着陈一石、赵子轩和董全胜扮成嫖客，去怡春院找到何家才，将他控制起来，其他队员在怡春院门前附近埋伏。

　　龚瀚文离开龙门路 40 号，坐上人力车直接去找丐帮的阿三，讲了自己的计划，请求他们帮忙，愿意给阿三支付出工费。阿三一听乐了，拍胸脯保证把交办的事办妥。"先生，我不管你们是什么帮派的，你们帮穷人说话，就是我们的朋友，江湖讲的是侠义，你这个朋友我交定了！"

　　怡春院那边进展顺利，程雨亭跟里面的杂工对了暗语，说了他们的行动计划。杂工告诉程雨亭，要从妓院弄出一个大活人去，必须得到老鸨的帮助，但这里的老鸨跟国民党政府官员关系密切，不可能答应帮忙。程雨亭笑了笑，让杂工不用担心，他有办法搞定老鸨。"你摸清这个人在哪个房间就行了，其他事情不劳你费心。"

　　杂工提着大水壶，在房间外来回走动。哪个房间要水，就会有妓女打开房门，露出半个身子喊"续水了——"，杂工就小碎步跑过去，进屋给客人续水。也有妓女不用杂工进屋，自己接过大水壶提进屋去，但这种情况极少有。不过今天有一个房间叫了两次续水，都是妓女把水壶提进去的，杂工就起了疑心，跟程雨亭说，要找的人很可能就在这个屋子里。

杂工推测得没错，何家才就在这个屋子里，他刚从国民党特务手里领了赏钱，又觉得没几天就过年了，要到怡春院放松一下。这个地方他来过几次了，也是匟为怡春院靠近上海警察局，来的都是达官贵人，让他有一种安全感。不过他还是很谨慎的，续水的时候，不准许杂工进屋，而是让妓女把水壶提进来。妓女叫"荷花"，身在红楼却有很清高的名字，她也就二十出头，说不上多么好看，却很会讨客人喜欢，何家才每次来妓院都点名要她。

　　何家才打算在怡春院过夜，跟妓女一番折腾后，半裸着身子躺在床上，让妓女给他按摩捶背。突然间，一个醉醺醺的男人推开门走进来，他只穿了怡春院的睡衣，进门就要往床上去，发现床上有个男人，于是很恼火地问道："你谁啊，跑我这儿来……"

　　醉汉扭头看到荷花，又愣住了，知道自己走错了屋子，歪扭着身子朝外走，嘴里嬉笑着。这一切来得太快，何家才没来得及发脾气，醉汉已经出门了。何家才忙起身穿衣，说今晚不在这儿过夜。荷花抱着他抚摸，给他压惊，说"这位哥哥喝多了，走错了房间，几乎每天晚上都有这种事发生，没什么大惊小怪的"。但何家才坚决要走，他似乎预感到一种危险正在降临。

　　进屋的醉汉是董全胜，他冒充醉汉进屋，就是要确认屋里的男人是不是何家才。

　　这一切都是龚瀚文和程雨亭事先商定好的程序，董全胜闯进荷花屋里之前，陈一石在楼道拦住了老鸨，把几块大洋塞到老鸨手里，求老鸨帮个忙。老鸨眉开眼笑，问陈一石相中了她家哪位姑娘，陈一石说是荷花。老鸨摇头，说今晚荷花已经被人点走了。陈一石忙解释，说不是今晚，是一辈子，他想把荷花赎出去。老鸨打量陈一石，看他文绉绉的，是那种容易为情所困的书生，于是笑了，说："荷花可是我宠爱的女儿，你出多少钱赎走？"

陈一石说只要荷花姑娘同意，大洋好说。老鸨信以为真，满心高兴。这几年怡春院的生意看似红火，其实赚不到多少钱，如果能"嫁"出一个姑娘去，不但能赚一大笔钱，还能省去很多开销。

荷花正安慰着何家才，老鸨在门外喊了荷花一嗓子，让她出屋一趟，荷花让何家才稍等片刻，自己出去看一下就回来。荷花去了老鸨屋里，发现屋里站着一个很帅气的男人。老鸨问荷花认识这个人吗，荷花看着帅气的陈一石，愣住了。

陈一石很激动的样子，说"荷花你还记得我吗？我是石雷云，我答应过要把你赎出去，绝不会食言，你是不是把我忘了？"荷花立即满脸灿烂，上前拉住陈一石的手说："哥哥我哪能忘了你啊，天天盼着哥哥来呢！"

荷花根本想不起什么时候见过这个"石雷云"，这些年不知道有多少男人许愿要把她赎出去，她从来没当真，知道不过是逢场作戏或醉酒后的胡言乱语，没想到今天真有人上门要赎她，自然是喜出望外，哪能说不认识？她告诉老鸨，正好屋里的客人要走，她送走了就回来。

荷花走开后，老鸨就告诉陈一石，最少要一百块大洋才能带走荷花。陈一石满口答应，说等到迎娶荷花的时候，老鸨作为娘家"妈妈"陪女儿一起过去，把一百块大洋带回来。老鸨觉得把荷花送过去再领大洋，这个要求不过分，于是当即说："既然要带走，就趁早，正好娶回家过个热闹年，今夜石先生就留在荷花房里，明天带走好了。"陈一石故作犹豫，最后答应明天一早从妓院带走荷花，不过他今晚不能留在这里，要赶紧回家安排一下。"我要敲锣打鼓，用轿子抬走荷花。"老鸨夸赞陈一石重情重义，荷花真是幸运，遇到了好男人。

说话间，荷花回来了，说客人走了，邀请"哥哥"去屋里。"石先生要回去准备轿子，明天一早来迎娶你。"老鸨说，"你真是好运气，今晚收拾好东西，妈妈明天送你去石先生家里。"

荷花尽管很希望离开怡春院，但这么匆忙，还是让她有些意外，毕竟她并不了解眼前的男人，忍不住说道："这么快吗？我真舍不得离开妈妈。"

老鸨觉得荷花只是拣好听的说，就剜了荷花一眼："你跟石先生早就情投意合，定了终生，你的心啊，早就飞了。"

话到这儿，荷花也就不好再说什么了，哪一个女人不想离开怡春院？看眼前这位帅气的男人，满脸真诚，她值得赌一把。本来嘛，卖身怡春院这种地方，她的一生就像浮萍一样，随波逐流了。这么一想，荷花就答应了，还故作心急火燎的样子说："哥哥明天早点来啊！"

陈一石佯装回家准备迎娶事宜，出了怡春院，把里面的情况向龚瀚文汇报了，龚瀚文很高兴，万事俱备只欠东风了。

其实荷花返回屋子，并没有看到何家才，以为他匆忙离去了。她并不知道，就在她刚刚被老鸨叫走的时候，程雨亭和赵子干迅速冲进屋内，摁住了何家才，将他的嘴塞住，捆绑起来，拖到杂工的工具房里。

第二天一大早，就有一支迎亲的队伍来到怡春院门口，轿子落地后，有几口箱子抬进去，据说是送给怡春院的彩礼，之后又有几个箱子抬出来，说是荷花的随身物品。前来迎亲的陈一石，特意给守门的保镖喜糖和小钱，两个守门人挺高兴，还帮忙去抬箱子。这时候的老鸨，忙着给荷花梳妆打扮，根本顾不上外面的事情。

一切收拾停当，老鸨陪着荷花上了轿子，然后跟在轿子后面，急着去取一百块大洋。街面上有很多巡警,花轿要从巡警眼前经过,几个队员很紧张,随时准备战斗。这几天上海大街小巷都有学生和工人组织的游行队伍,抗议政府不作为,起因是抚顺煤矿爆炸事件。抚顺煤矿是日本商人开的,前几天煤矿发生爆炸,矿下有三千多中国矿工,日本商人不但不救援,还命令技术人员将矿井封闭了。消息传开,国民愤慨,纷纷上街游行示威,要求国民党政府给个说法。

花轿经过街面警察眼前的时候,恰好有两个警察认识怡春院的老鸨,笑着说:"又有女儿从良了,你什么时候从良?"

老鸨笑骂道:"老娘去你家从良。"

迎亲队伍吹吹打打沿街而去,走完一条街,又走完一条街,渐渐走出繁华街道,老鸨心里开始嘀咕了,追上几步拦住陈一石,问到底要去哪儿?陈一石说还有几里路。老鸨有些心慌,就在这时候,龚瀚文带着几个队员,举枪冲上来,老鸨身边有人喊:"快跑,土匪抢劫啦!"

抬轿子的汉子丢下轿子和嫁妆箱子,四散逃去。老鸨也不想那一百块大洋了,跟在人群后面拼了老命跑。这时候,荷花在轿子里吓得瑟瑟发抖,陈一石把她拽出来,给了她几块大洋,让她快逃命去。

人都跑散了,龚瀚文和队员们抬起那口沉重的嫁妆箱子,来到城外一处破败的庙内,从箱子里掏出了何家才,绑在庙内的一根木柱上。木柱两侧是泥塑的各路神像,大都缺腿缺胳膊的,只剩下狰狞的面目。龚瀚文厉声喝道:"何家才,你这个叛徒,今天我要代表牺牲的革命同志审判你,让你死个明白!"

队员们在两侧站定,一个个人怒目而视,所有枪口都对准了何家才的脑壳。龚瀚文把被何家才出卖的地下党员的名字读出来,讲述他们是如何被国民党残杀的,一条条罪行,让身边的队员气炸了肺,不等龚瀚文下达执行死刑的命令，董全胜就抽出他的宰鱼刀，捅进了何家才的心脏。

几天后，有人在破庙内发现了何家才的尸首，报了警。警察和特务赶过来，看到何家才被绑在木柱上，背后插了一块木牌，上面写着："处决叛徒何家才！"

上海的街头小报，都刊登了中共特工处决何家才的新闻，而且文章中把中共特工写得神乎其神。这件事震惊了上海警察局的督察黄秋叶，立即把密探林大福喊来商量对策。黄秋叶是国民党中央驻沪调查专员，归国民党中央组织部调查科主任徐增秀直管，因此在上海警察局很有话语权。

就在黄秋叶和林大福毫无头绪的时候，怡春院老鸨跑到警察局报案。老鸨和荷花逃回怡春院，最初都庆幸逃过一劫，但心定之后，老鸨因为心疼快到手的一百块大洋，跟荷花打探自称"石雷云"先生的情况，荷花才说了实话。说从来没见过这个人。老鸨仔细想了想事情的前后经过，才幡然醒悟，告诉荷花她们上当了，立即跑到警察局报案。

不过荷花心里一直纳闷，这个"石雷云"既没有动她的身子，也没有骗走她的钱财，还给了她几块大洋，不像是骗局。她心里甚至有一种希望，希望这位很文气的"石雷云"先生，哪一天还能出现在怡春院，来接她出去。

黄秋叶和林大福接到老鸨的报案，立即展开调查，问了几个证人后，就断定是中共特科搞的把戏。黄秋叶很震惊，中共特科在警察局的眼皮子底下，搞这么大的动静，参与的人数众多，前所未有。其实在前些日子，他已经得到情报，中共特科新来了一位队长，看来这个案子就是这位新上任的队长烧的第一把火。

林大福向黄秋叶发誓，一个月内破获此案。

10

处决了何家才后，根据中共特科负责人的指示，龚瀚文让"打狗队"的队员分散隐蔽，暂时停止一切活动，安心过年。这也是过去的惯例，完成一次任务后，为防敌人报复，队员们都要"蛰伏"，让疯狂搜捕他们的特务到处乱撞，找不到一个人影。

队员们都很开心，离开上海会亲访友去了。

刘小光因为是厨师出身，被大户人家请去做年夜饭，这小子还算讲义气，临走的时候，给龚瀚文准备了一些简单的食品，并许愿春节后一定带些好吃的回来。龚瀚文在上海附近无亲无友，哪儿也不想去，准备陈皮店关门后，好好睡几天觉。

街面上的店铺，都是年三十中午前关门，龚瀚文上午一个人在店内喝茶看报，打发时间，准备午饭前跟其他店铺一样，在门外栓上一根木杠，贴一纸休假告示后走人。

临近中午，陈皮店来了一个中年女人，进了屋子，问了声"老板好"，目光扫视了屋内一眼，走到货架旁，查看装着陈皮的陶罐。龚瀚文愣了一下，这个时间点，一条街的店铺，都不会有一个顾客了，这女人……他正疑惑时，女人开口了，问道："请问老板，我炖半斤猪蹄需要多少陈皮？"

龚瀚文瞅了一眼女人说："20克就够了。"

"炖一只鸡呢？"

"30克。"

"炖一只王八呢？"女人盯着龚瀚文的脸问道。

龚瀚文笑了，说："大姐，炖王八不需要用陈皮。"

女人点点头，掏出一张照片塞给龚瀚文，神色严肃地说："情况紧急，华老板只能让我直接找你。这个人叫钱艺，国民党上海警察局督查科副科长，据可靠情报，他已经破获了我们一个地下联络站，掌握了几名地下党员信息，估计春节后就会采取行动，必须立即除掉他。我们获知可靠情报，今晚钱艺一家人陪同几位头面人物，到城隍庙上香。"

女人说完，抬脚就朝外走去。龚瀚文拿着照片看两眼，照片上是一位戴眼镜的中年男人，看相貌就很阴险。

华老板是中共特科机构负责人，龚瀚文到上海后，还一次没见过这位顶头上司。陈铭曾告诉龚瀚文，华老板对他在香港的锄奸行动很赞赏，有机会想见见他。如果不是情况紧急，华老板不可能派人直接来找他。

上海的达官贵人，都喜欢在除夕夜去城隍庙那里上香，也会有很多市民去那里看焰火，每个除夕夜，那里都人流如织，是干掉钱艺的好机会。问题是，队员们刚刚解散，他身边一个人都没有，只能单枪匹马行动了。

龚瀚文立即收拾了一下，将陈皮店的大门用木杠栓上，来不及贴上放假告示，就匆忙去了城隍庙，提前查看周边环境。他看得很仔细，边看脑子里边设计行动方案。因为距离晚上时间还早，他回到住处躺在床上，把几套方案都琢磨了一遍，觉得没什么漏洞，这才迷糊了一会儿。傍晚鞭炮声响起来，化醒了，起来上厕所，准备简单吃点东西。王阿姨的女儿冉墨宣在院子里看到他，很吃惊："祁先生在啊？我以为你离开上海，回老家过年了。"龚瀚文笑笑，说自己父母都在马来西亚，没地方可去。冉墨宣邀请龚瀚文一起吃年夜饭，龚瀚文推辞了，说一会儿去城隍庙看焰火。

冉墨宣知道这是推辞的话，也就不强求了，把手里拎的一挂鞭炮举高，说道："过年了，放挂爆仗驱赶邪气，我胆儿小，你帮我放吧？"

龚瀚文不能推辞了，将鞭炮挂在晾衣杆上，点燃了。鞭炮噼里啪啦炸响，冉墨宣急忙双手捂住耳朵，侧着身子，虚着眼睛看鞭炮。鞭炮响完，她仍旧捂紧耳朵，缩着肩膀，像胆小的女孩，一副令人垂怜的样子。龚瀚文朝她笑了笑，点点头，走进屋子。

龚瀚文开始为行动做准备了，他给自己安上一副八字胡子，头上戴一副金发头套，再放上一顶礼帽，就化装成一个洋人。然后，他把双枪别在腰间，外面穿上一件宽松的咖啡色呢子大衣。出门前，他把自己的房间整理好，每次执行任务，他都做好最坏的打算，也就是说，从这个屋子走出去，可能再也回不来了。

他扫视了屋子一眼，轻轻带上门。

街上的爆竹声密集起来，有三三两两的行人，几乎每个路口，都能看到巡警的身影。龚瀚文走进豫园时，人流密集起来，很多人在豫园放焰火，天空绚丽多彩。他在豫园转悠了一圈，发现豫园内外都多了一些巡警，这也是历年的规矩，有高官要人来上香，总要摆些阵仗点缀一下。这些警察三五成堆聚在一起说笑，享受节日的快乐。

城隍庙上香时间是从晚上十一点开始，龚瀚文提前半个小时，就进了城隍庙，找了个视线好的角落埋伏好。一拨又一拨的达官贵人携妻带女走进城隍庙，在和尚的引领下，排好次序准备上香。

外面一阵骚动，龚瀚文知道重量级人物来了。果然，三位男人一前一后走进大堂，打头的是一位白胖的男人，五十左右，身后跟着穿着华丽的太太，走在最后的，是一位戴眼镜的男人，龚瀚文一眼认出，他就是钱艺。大和尚开始给他们每人派香，显然他们是要上头香的。

龚瀚文悄悄退出城隍庙。他知道，上香大约一刻钟就能结束，第一批走出来的人，必定是钱艺他们。他选择了一处人流比较多的地段，这是一个观看焰火的最佳位置，很多人拥挤在这里，等待零点钟声敲响，那时候天空就会升起各色的焰火。

　　突然间，一朵焰火升起在天空，人群爆发出欢呼声。龚瀚文紧张地盯着对面的马路，双手插进大衣兜里。远处，城隍庙门口走出一群人，龚瀚文开始迎着这群人走去，他走得挺慢，而且东张西望，像是看风景的行人。等到这群人接近看焰火的人群时，龚瀚文加快了步伐，他看到这群人身后，有三五个警察护卫着，警察的注意力都在天空的焰火上，边走边仰头看着。

　　龚瀚文越来越接近钱艺了，他已经看到钱艺脸上的笑容和眼镜片上被烟火映照出的彩光。他沉稳地向前走着，还有五步的距离就是最佳射击点，他心里数着，一、二、三、四、五，"刷"地掏出双枪，"砰砰"两声。钱艺身后的警察，听到两声枪响，以为有烟花在头顶炸响，都兴奋地朝天空看去，钱艺身边的男女发出惊叫，警察这才看到有人躺在地上。

　　此时，惊恐的人群乱成一锅粥，往哪个方向奔跑的都有，警察根本无法判断开枪人的去向。龚瀚文随着朝外逃跑的人流，出了豫园，穿过一条马路，刚跑不远，就听到身后响起杂乱的脚步声，他以为有人追上来，急忙闪到路边的拐角处躲避，同时掏出双枪。这时候，有三四个男女青年从他眼前跑过，紧接着，有两个巡警追过去。他心里明白了，警察是在追赶几个学生。

　　龚瀚文收起双枪，转身朝相反的方向走去，迎面看到墙上贴了一张标语，被浆糊洇湿的地方，散发着幽光。他伸手摸了摸，又湿又凉，知道是刚才几个学生张贴的。标语上写着：

政府无能，矿工没命！

日商无人性，政府是奴性！

打倒国民党政府，解放贫苦百姓！

……

这些标语，是抗议政府对抚顺煤矿爆炸案的不作为。龚瀚文正看着，旁边斜巷里跑出一个女孩，他愣怔了一下，感觉这个女孩很像房东的女儿冉墨宣。他忙跟在身后，想追上去看一眼，不料女孩子突然掉头，又朝后面奔跑。借着微弱的路灯光，他看清了，就是冉墨宣。来不及多想，当她从自己身边跑过的时候，他突然从拐角处冲出来，抱住她的腰，随即捂住她的嘴，低声喊："别出声！"

龚瀚文拖着冉墨宣，快速拐到另一条胡同，闪进一扇破败的房门里。身后追过来的脚步声，渐渐远了，龚瀚文才松开手，问道："你怎么到这儿啦？"

冉墨宣惊慌地看着龚瀚文，问道："你是谁？"

龚瀚文这才想起自己化装了，于是撕下八字胡子，摘掉一头金发，露出本来面目。冉墨宣惊讶地叫一声："你、你是祁老板？"

冉墨宣还要说什么，龚瀚文低声说："快离开这里，有话一会儿说！"

冉墨宣从惶恐中回过神来，乖乖跟在龚瀚文身后，进入灯光暗淡的小巷。这时候，马路上不断有警察慌张跑去，还可以听到枪声和警笛声。冉墨宣觉得奇怪，他们也就是贴了几张标语，怎么惊动这么多警察？

两个人为躲避街面上的警察，跑跑停停，绕来绕去的，回家时已经凌晨一点了。冉墨宣出门的时候，跟母亲谎称去黄浦江边看焰火，很快就回家。然而过了十二点钟，仍不见回来，王阿姨就急了，不断地到院外张望。龚瀚文和冉墨宣身前身后走进院子，而且都气喘吁吁的，正巧被王阿姨撞见了。

王阿姨气呼呼地拦住龚瀚文和冉墨宣，问道："祁老板，你带我女儿出门的？"

龚瀚文愣了一下，解释说："王阿姨，我们是在大街上巧遇的。"

"巧遇？有这么巧吗？你明天搬走吧，不要在我家住了！"王阿姨说完，就要朝屋里走。

"你怎么不跟我妈说实话？"冉墨宣生气地看了一眼龚瀚文，上前拦住了母亲，"妈，你听我说好不好？今晚去看烟花，回家的时候遇到几个醉汉瘪三，把我堵在一条弄堂里，要对我……赶巧祁老板路过，认出是我，一个人跟几个瘪三打架，好不容易才把我救回来。你说巧，可不就是巧，如果不是这么巧，今晚我就——。"

王阿姨站住，用狐疑的目光打量龚瀚文和冉墨宣，嘴里轻声说："真的这么巧？"

"你不相信我，还能相信谁？我什么时候骗过你？你看祁老板的手。"冉墨宣说着，上前拽起龚瀚文的一只手给母亲看，他的手背有一道血痕。"你看看，是不是真的？"

王阿姨抓住龚瀚文的手背看了几眼，心疼地说："赶快进屋，我给你抹点药。"

龚瀚文笑着说："没事王阿姨，小伤。"

王阿姨内疚地说："真对不起祁老板，我误会你啦，你看……我该怎么感谢你啊？"

冉墨宣气呼呼地说："感谢的话先别说，祁老板饿了，我也饿了。"

王阿姨忙进屋准备饭菜了。

龚瀚文朝冉墨宣笑笑，说"你真会编故事"。其实龚瀚文的手背，是拽着冉墨宣奔跑的时候，不小心手背蹭在了墙上。冉墨宣做了个鬼脸说："赶紧回屋子收拾一下，过来吃饭，你早该饿了。"

　　龚瀚文有些奇怪，她怎么会知道自己饿了？想问，又打住了，回屋子从腰间摸出双枪藏好，收拾了一下自己的形象，这才走出屋子。他站在院子里，透过窗玻璃，看到王阿姨和冉墨宣忙碌的身影，让他想起了自己的妻子和父母，突然有些伤感。尤其是妻子和没见过面的女儿，不知道这个时候他们在监狱，是如何的凄凉。他相信这个时候，妻子张秀芳也一定会想他，而且还会流一些泪。这样想着，他禁不住仰天叹息一声。

　　夜晚的风有些硬，吹得脸庞麻麻地痛。他再次把目光投向对面的窗户，去看那母女的身影，如此温馨如此宁静。他暗自感叹，倘若每天的日子都这么温暖该多好啊！

　　龚瀚正想着，门开了，冉墨宣在屋里等急了，要出来喊龚瀚文，却发现他傻傻地站在门口。冉墨宣愣了一下，说道："哟，等着我出来请你啊？快进屋，外面风这么凉，你站门口干啥？"

　　龚瀚文不好意思地笑了笑，跟着冉墨宣走进屋内，站在客厅中打量着。客厅对面的墙上，挂了一幅画，名曰"山居图"，两边有一副对联："楼中饮兴因明月，江山诗情为晚霞。"字迹粗犷，笔墨雄浑，豪迈中透着轻盈。对联下面有一张条案，上面摆了一对高大的瓷瓶。客厅正中，是一张不大的餐桌，也就能坐四个人，上面已经摆放了几碟子菜肴。冉墨宣指了指椅子说："坐吧，有什么好看的？屋子窄窄的、乱乱的。"

　　这时候，王阿姨捧着一个汤盆走过来，龚瀚文忙立起身，双手接过，是一盆鸡汤，他放在桌子上，说"王阿姨，你别忙了，我也不饿，随便吃两口就好了"。他说这句话的时候，发现冉墨宣剜了他一眼，显然因为他说假话了。王阿姨说："不忙，过年的饭菜，都是现成的，温热一下就好。祁老板，先喝碗鸡汤。"

王阿姨把一个小瓷碗放在龚瀚文面前，又递来一把精致的汤匙。龚瀚文忙伸手接过来，说道："谢谢王阿姨。"

"我这里有上等的绍兴花雕，祁老板要不要喝一点？"冉墨宣问。

不等龚瀚文回答，王阿姨就说："这还用问吗？过年能不喝点酒？我陪祁老板喝两杯。"

"妈，我也要喝！"

"你不怕祁老板笑话？女孩子。"

"女孩子怎么啦？男女平等嘛。"

"又瞎说！"王阿姨沉下脸来，瞪一眼女儿。

"王阿姨，墨宣说得对，社会发展追求的就是人人平等。"

"我不管，我就要喝一盅嘛！"冉墨宣撒娇，眼里放着光彩。

王阿姨憋不住笑出声来："让祁老板见笑啦。这丫头从小被我惯坏了，事事我都拧不过她的！"

冉墨宣冲母亲扮个调皮的笑脸，拿起一个酒杯。龚瀚文从桌上拎过酒坛，开启了木塞，一股浓郁的酒香在客厅里蔓延开来。他给王阿姨和冉墨宣斟酒，然后又给自己倒满，端起来说："感谢王阿姨和墨宣，我在这里给你们添麻烦了，我敬你们一杯。"

冉墨宣也不客气，端起酒杯跟龚瀚文碰了一下，两个人说笑着，似乎已经很熟悉了。王阿姨在一边不动声色地观察两个人，流露出慈祥的目光。这样看着看着，王阿姨热情起来，不断地给龚瀚文添酒夹菜，有意无意地拉起家常，问他多大岁数，为什么这么大了还没成家。龚瀚文说自己父母在马来西亚，本来想让他也过去，他呢，最初也答应了，但后来又不想出去了，就从四川来上海，想好好做几年生意，再回老家。

王阿姨立即说："四川有什么好的，哪里也不如上海，你留在上海多好啊！"

这话说的意图太明显了，冉墨宣都不好意思了，不以为然地说母亲："你觉得上海好，别人不这么想，哪里都不如自己的家乡好。"

龚瀚文闷头吃饭，他心里很难受，觉得这样说谎，对妻子张秀芳很不公平，却又实属无奈。冉墨宣感觉到龚瀚文情绪的变化，偷偷看了他一眼，不知道该说什么话了。就在这时，龚瀚文站起身，说自己吃好了，很礼貌地跟王阿姨和冉墨宣告辞。

龚瀚文出门后，王阿姨也感觉到气氛有些不对，看着门外问道："他怎么啦？"

冉墨宣一个大喘气，说："你是不是嫌我在家碍事，巴不得我明天就嫁人？"

王阿姨有些生气了，站起来丢下筷子说："这怎么啦？突然间又是风又是雨的？"

冉墨宣也站起身，丢下筷子走开了。

11

中共特工竟然在警察的眼前枪杀钱艺，大摇大摆地离去，对于国民党上海警察局来说，就是奇耻大辱。据说国民党中央组织部调查科主任徐增秀得知此事，颇为震怒，责令上海方面写出调查报告。

国民党中央驻沪调查专员黄秋叶气得大便干燥，七八天拉不出屎来。何家才的案子还没头绪，身边的同事钱艺又被当街爆头，中共特工太张狂了。

黄秋叶到处撒开网，打探中共特科"打狗队"队长的信息，但这些信息有很大的夸张成分，说他是双枪侠，身轻如燕，走路如飞，善于各种化装，神出鬼没等等，真正有用的消息并不多。龚瀚文到上海后，除了参加行动的时候跟队员们聚在一起，平时都是独来独往，很少有人了解他的底细，就算他站在黄秋叶面前，黄秋叶也绝对不会想到他就是中共特科"打狗队"的队长。

黄秋叶折腾了好一阵子，也没有找到龚瀚文的影子，他对神探林大福说："嗨嗨，绷紧神经好不好？这个人真不好对付，当心吃了他的亏，掉了脑壳！"

林大福倒是满不在乎，说道："好啊好啊，棋逢对手，人生幸事呀！"

因为抚顺煤矿爆炸案的事情，有良知的中国人都痛恨日本商人，也痛恨国民党政府的无能和冷漠，因此对于何家才和钱艺被中共特工除掉的新闻，上海市民特别关注。街头小报投其所好，一连几天拿出大幅版面，连篇累牍地"跟进"事件的进展，把黄秋叶气得七八天拉不出屎的丑事都被抖落出来。上海的《申报》也有报道。被国民党特务称之为"老广东"的中共特科队长，成为街头巷尾议论的神秘人物。

自然，冉墨宣也听到了关于中共特科队长的议论，突然想到除夕夜发生的一切。她记得"祁老板"说要去城隍庙看焰火，怎么嘴上粘着八字胡子，头上戴着金发套？巧合的是，钱艺就是在城隍庙外毙命的。冉墨宣心里"突突跳"，她开始怀疑"祁老板"的身份，猜测他跟共产党有联系，但怎么也无法把他跟"双枪侠""王牌特工"联系在一起。

这天傍晚，冉墨宣看到龚瀚文从外面回来，就上前敲门，说家里买了些水果，母亲让给祁老板送一些。龚瀚文说了声"谢谢"，接过果盘，原以为冉墨宣会转身离去，不想她却站在门口没动，问一句："祁老板住在这儿习惯吗？屋里有没有潮气？"

"都好都好，谢谢冉小姐关心。"龚瀚文想关门回屋，又觉得很不礼貌，就客套地说，"冉小姐进来坐会儿吧。"他觉得自己说完这句话，冉墨宣自然会离去的，但她却走进屋子。

"哎哟，祁老板爱清洁，屋子收拾得很利索。"她说着，转身看了一下屋内的摆设，然后坐在一把椅子上。龚瀚文忙给她倒了一杯水，她也不推辞，接过水杯抿一口。龚瀚文一看这阵势，知道她是要聊天的，于是主动问她工作怎么样，累不累。"在报社上班，可都是上等的文化人。"

冉墨宣笑了，说："祁老板不是赞成人人平等吗？哪有什么上等下等的，再说我在报社也不是做记者，只是杂工。"

"你们总编于茅村可真是个人物，你怎么看这个人？"龚瀚文试探地问。

冉墨宣没回答，反而问道："祁老板听说城隍庙的事了吧？"

龚瀚文看了冉墨宣一眼，说道："警察局一位科长被杀的事吧？街面上都在传，太不可思议了。"

龚瀚文说着，又要给冉墨宣倒水，冉墨宣摆摆手，说道："祁老板那晚也在城隍庙吧。"

"我去过，可惜离开得早，没看到热闹。"

"有句话不知该不该问，我一直很好奇，那天晚上祁老板嘴上粘着八字胡子，怎么那副怪怪的打扮？"她问完，盯住龚瀚文脸上的表情仔细看。龚瀚文说了一段很隐晦的话，说每个人都是装在套子里的人，都有一副假面具，"冉小姐不也是吗？谁能想到一个文静的女孩子，能去贴标语，被警察追得满街跑。"龚瀚文忍不住笑了。

冉墨宣一时不知该怎么回答，索性说："是中国人都气愤，三千条人命，活活被埋在矿井下面，中国人的命这么不值钱吗？"

尽管冉墨宣没有从龚瀚文嘴里获取准确的信息，但她可以断定就是龚瀚文在城隍庙外处决了钱艺。她对龚瀚文又多了一份敬仰，也多了一份担忧。

中共特科对于龚瀚文初来上海的表现非常满意，希望严格保证龚瀚文的安全。这天，龚瀚文正在给几位顾客介绍陈皮的功效，将煮泡的茶汤请他们品味，陈铭突然出现在陈皮店里，让龚瀚文心里一惊，这种举动太不正常了，以陈铭的身份，一般不会出现在秘密联络点，太危险了。他以为发生了什么大事，心里很紧张，极力装出懒散无事的样子，拱手问道："哎哟，陈老板，今天什么日子啊？好久不见了，怎么突然来看我了？"

"忙啊祁老板，这不想你了嘛。"陈铭也拱手施礼，很随意地坐在了茶几前，看了看几位顾客，笑着说，"上次你送我的陈皮喝完了，再给几两呗。"

龚瀚文看到陈铭满面笑容，悬着的心落下来，知道没什么大事。说真的，他其实很希望见到陈铭，陈铭是他的入党介绍人，广州起义时又是生死与共的兄弟，在复杂环境下，这份友谊弥足珍贵。当然，龚瀚文也知道，陈铭一直跟中共广州地下党组织联系，想办法营救妻子张秀芳，他很想知道进展情况，哪怕一点点利好的消息。

刘小光不认识陈铭，但他知道龚瀚文在上海没有这么熟悉的朋友，猜测这个人可能是地下联络员，心里很兴奋，看样子又有新任务了。春节回来后，队员们得知龚瀚文单枪匹马干掉了钱艺，都打趣说他故意给大家放假，自己"吃独食"。刘小光更是遗憾，如果他不去给别人做年夜饭，肯定会跟龚瀚文一起行动，说不定"啪啪"两枪干掉钱艺的就是他了。尽管在海上训练时，他枪法神准，被龚瀚文夸赞很有"悟性"，可他的枪法一次也没在实战中检验过。刘小光手里托块抹布，擦拭货架上的瓶瓶罐罐，眼睛却瞟着陈铭，想从他跟龚瀚文的交流中获取一些信息。

陈铭瞅了一眼面前的几位顾客，对龚瀚文说："我请你去听戏吧，李桂春在大舞台演出《狸猫换太子》，你若无事，一起去听听。"

龚瀚文明白陈铭的意思，就笑了，说："我什么时候都有时间，你天天请我去听戏，我都不心烦。"

龚瀚文对刘小光简短交代两句，就跟在陈铭身后出了陈皮店，顺着街道一直往前走，龚瀚文紧走两步赶上去，侧过脸小声问："陈兄，是不是又有新的任务？"

陈铭神秘地笑笑："瀚文，你干得漂亮，这两次的行动，已经震慑了敌人，最近一段时间，你们好好休息。今天说好了，咱不谈工作的事儿，我带你去大舞台听戏。"

龚瀚文心里嘀咕，猜测陈铭亲自到陈皮店找自己，绝不可能就是为了请他去大舞台听戏，一定还有更为重要的事。什么事呢？龚瀚文偷眼打量陈铭，想从他脸上看出些端倪。冷风中，陈铭一脸平静，黑框宽边眼镜后的那双眼睛，露出温和的笑意。他目视前方，心无旁骛，两条长腿的频率很快，似乎怕错过演出时间，走得很匆忙。龚瀚文摇摇头，真的猜不透陈铭葫芦里卖的什么药。他想问一下妻子张秀芳的情况，但张了几次嘴，最后都把话咽了回去。

其实陈铭根本没有带龚瀚文去大舞台听《狸猫换太子》，而是去了一个剧院，看娱乐表演。两人走进剧院的时候，节目已经开始了，舞台上一个浓妆艳抹的女子又跳又唱的，音乐有些嘈杂，不断有叫好声响起。

龚瀚文看着舞台上那个搔首弄姿的女歌手，侧身凑到陈铭耳边说："你怎么带我到这种地方？我还是第一次看这种演出。"

陈铭很有兴趣地盯着舞台，没有转身看他，微微点了点头，伸出手在龚瀚文大腿上轻轻拍打两下，说："在上海，这种地方谈事情最安全。"

龚瀚文瞅了一眼，哼了一声说："看来你不是请我听戏的，还是要谈事情。说吧，什么事？"

陈铭问："你在寻小姐家里住得怎么样？"

龚瀚文没有马上回答，猜测陈铭为什么突然问这事。"还行吧，很安静，也安全。"他说着，观察陈铭的表情。陈铭从舞台上收回目光，看一眼龚瀚文，问："你觉得冉墨宣怎么样？"

"什么怎么样？别瞎说啊，我跟她就没怎么接触。"龚瀚文快速地说。

陈铭瞪了龚瀚文一眼说："你想哪去了？我问她人品怎么样，是否可靠。"

龚瀚文知道自己反应过度，有些尴尬。"人挺好，我觉得可靠。"刚说完，突然想起重要的事，就又说，"应该是进步青年，我遇见她深夜去街巷张贴标语，差点被巡警抓到。她痛恨政府腐败无能，骂政府根本不管老百姓死活。"

陈铭认真听着，最后点点头，说道："她是我们争取的对象，你平时可以多跟她聊聊，只有让中国更多的青年觉悟起来，我们的事业才会成功。"

龚瀚文点点头，答应有空跟冉墨宣多聊天。他直截了当地对陈铭说："我总觉得你不会因为这件事，亲自跑店里找我，肯定还有别的事情。"陈铭承认还有别的事情，说道："不过你没问，我也就不说了。"

龚瀚文反问："问什么？我知道你要说什么？"

陈铭不跟龚瀚文兜圈子了，从兜里掏出一张照片递给他。龚瀚文看了一眼，身子突然抖了一下，瞪大眼睛盯住照片仔细看。照片上，妻子张秀芳抱着一个瘦弱的小女孩，站在牢房的铁门前，朝外看着。龚瀚文的泪水一下子流出来，不用问，这个小女孩就是他没见过面的女儿。

"这是我们的同志委托狱警拍摄的，广州那边一直在努力。"陈铭说。

龚瀚文擦了一把泪水，哽咽着说："谢谢，谢谢陈兄。"

这时候，剧院的灯光亮起来，演出已经结束了。龚瀚文和陈铭站起身，一前一后走出剧场。陈铭伸手指着剧院旁边一家酒吧，扭过头来问龚瀚文："新开业的。你如果有时间，陪我进去喝一杯？"

"我什么都没有，就是有时间，你方便的话，我来请。"龚瀚文快活地说。他很久没这么高兴了，看完张秀芳和女儿的照片后，真的很想跟陈铭聊天，聊什么都无所谓，就是想跟他说说话。在十里洋场的上海，尽管人流熙熙攘攘，但他一直有一种孤独感，从他身边走过的人如此陌生，以至于让他感觉整个城市只有他一个人在街道上穿行。他是谁，家在哪里？没人知道，甚至连他自己都不知道。在偌大的一个城市里，真正知道自己叫"龚瀚文"的只有陈铭，他能够唤醒自己的记忆，能够证实他的存在，因为他知道自己的过去，甚至预知自己的未来。

这家酒吧的装修非常摩登，从外到里无处不透露着典型的欧洲风格，出入酒吧的都是一些衣着光鲜的达官贵人。他们两人挑了一个临窗的位子，陈铭朝吧台那儿立着的侍者打了个响指，侍者托着放有酒水单子的托盘走过来，示意陈铭点单。陈铭抬手捏住眼镜腿往上推推，把酒水单从头到尾仔细浏览一遍，最后点了一瓶法国波尔多"木桐"红酒。

龚瀚文不善饮酒，只是装装样子。他更多的是想说话，似乎只有他一个人在说，陈铭忙着喝酒，听着音乐，很享受的样子。到最后，他对龚瀚文只说了一句话："你是谁，不重要，重要的是你要活着。"

龚瀚文突然感觉索然寡味，聊了大半天，毫无意义。陈铭一直是平静如水的样子，没有一丝激动，他似乎忘记了那些厮杀呐喊的岁月。龚瀚文动了动身子，想跟他告别。

这时候，陈铭看了一眼怀表，说道："我跟你说过，华老板很欣赏你，一直想跟你见面，我把他约到这儿来，他应该快到了。"

"华老板到这儿？"龚瀚文不敢相信地看着陈铭。在他心里，特科机构负责人"华老板"似乎就是个传说，不可能随便见到的。

陈铭点了点头。他这才明白，原来陈铭去陈皮店把他喊出来，重要的不是给他张秀芳的照片，更不是看表演，而是要见华老板。

龚瀚文有些紧张，想去一趟洗手间，还没等站起身子，五六个穿戴洋气的男女说笑着走进酒吧，陈铭见了，忙对龚瀚文说："华老板来了。"

龚瀚文看着几个男女，不知道哪位是华老板。几个人在他们不远处落座，一个矮小的男人站在那里四下张望，看到陈铭后，就朝他们走来。

龚瀚文和陈铭都站起来了。

"快坐、坐下说话。"华老板拽了一下龚瀚文，然后率先坐下。龚瀚文见陈铭也坐下了，这才轻着身子，屁股挨到座位上，坐是坐下了，却没坐实。

"华老板今天这么精神啊。"陈铭说。

华老板没接陈铭的话,看着龚瀚文,足足看了十几秒钟,这才说:"你就是……祁广辉?"

龚瀚文点点头,不知道该说什么,索性微笑一下。

陈铭把一杯酒递给华老板,华老板用两根手指接住,跟陈铭碰了一下酒杯,一饮而尽。陈铭也将杯里的酒喝干,把杯子放下,顺手抄起桌上的红酒瓶子,要给华老板再倒上,华老板伸手一挡,挪开自己的酒杯,说:"我最近喜欢上了白兰地,这木桐没劲儿。我过去没觉得这么差,现在越来越感觉它味道太淡了。"

正说着,那边几个男女招呼华老板,他对陈铭点点头说:"我过去应付一下。"龚瀚文还没说一句话,华老板就站起身离开了。

龚瀚文和陈铭在这边等待着,不知道该说点什么了。陈铭看了一眼华老板,那边很热闹,华老板被两个女人围在当中,正说笑着。陈铭轻轻咳嗽了一声说:"华老板在上海有很多朋友,三教九流的,什么人都有。我们做大生意,就要跟华老板学习,扩大自己的社交圈子。"龚瀚文没说什么,眼睛尽量不去看华老板那边,因为有个女人的胳膊,已经搭在华老板肩上。

时间非常难熬,龚瀚文手中捏着半杯酒,搓来搓去地转动杯子。大约等了半个多小时,华老板终于回来了,脸色泛着红光,对龚瀚文说:"你最近生意做得红火,恭喜你啊。今天我是特意给你祝贺的,好好干,以后还有大生意要做。来吧,祁老板、陈老板,为了我们共同的利益,一起干了这杯!"

龚瀚文看了一眼陈铭,二话不说,将杯中酒一饮而尽。华老板站起身,伸手轻轻拍打着龚瀚文的后背,压低了声音说:"保护好自己!"

转身又对陈铭说，"你们喝，这边的账记我身上！"

华老板离开时，又看了龚瀚文一眼，眼神凌厉，仿佛要把龚瀚文的面容刻进脑子里一样。然后，他摇晃着身子，又坐回了两个女人中间。

龚瀚文长舒一口气，重新坐下，感觉被华老板拍打过的后背紧绷绷的，不舒服，就连着耸了好几下肩。陈铭要给龚瀚文倒酒，被龚瀚文挡住了，就又给自己的酒杯斟了酒，抬眼看了看龚瀚文，说道："不要那么紧张嘛，他就是想见你一面，又没别的意思。"

龚瀚文说："结束了吧？那我走了。"没等陈铭说什么，龚瀚文站起身子走出酒吧，经过华老板他们身边的时候，看都没看一眼华老板。不知道为什么，跟华老板的见面，让他很不舒服。当然他也知道特殊环境下，一切都是不真实的，但他还是觉得很委屈，有一种要流泪的感觉。

突然间，他很想念战火中呐喊厮杀的日子。

陈铭看着龚瀚文的背影，知道他为什么不开心，叹了一口气，心里说："忘掉你是谁，记住谁是你。"

12

上海的春天在阴雨中度过，街面上漂浮着玉兰花的馨香。龚瀚文每天从街道穿过色彩斑斓的人流，往返于住处与陈皮店之间。这段日子，国民党特务和密探都急疯了，连街道的厕所都不放过，一天进去搜查几次，为此"打狗队"的队员进入休眠期，不出一点动静。

因为悠闲，龚瀚文在街面上走过的时候，喜欢观察身边的风景，甚至会对身边走过的女人身穿的衣服感兴趣，设想这么好看的衣服，穿在妻子张秀芳身上，会是怎样的效果。想到这些，他会很内疚，妻子嫁给他后，从来没有过过安宁的生活，这些年都是在惊慌和颠簸中度过的。

他想好了，张秀芳出狱后，就去找陈铭，把她和孩子接到上海来，估计陈铭不会反对的。有一天，他看到陈皮店后面居民区的一个小院要出租，竟然跑去看了房子。如果张秀芳带着孩子们过来，王阿姨家是不能再住了，不仅地方太窄，装不下他三个孩子，而且他跟王阿姨和冉墨宣说过自己还没结婚。

陈铭让龚瀚文开一个陈皮店，主要目的还是掩护身份，把这里作为"打狗队"的秘密联络点，可没想到陈皮店开张后，生意一直不错，老顾客越来越多，原因是他对陈皮很内行。他的华侨父亲是个陈皮迷，更是鉴别陈皮的行家里手。龚瀚文从小耳濡目染，逐渐拥有了一整套陈皮的鉴定手法。他在跟顾客谈论陈皮的时候，总能让客户心服口服。刘小光跟龚瀚文开玩笑说，等到推翻了国民党政府后，他不当厨师了，改行开一个陈皮店。

其实龚瀚文也有过这种幻想，如果不参加共产党，他可以跟张秀芳在上海开个陈皮店，专卖家乡新会陈皮，刘小光可以作为合伙人，说不定能成为陈皮行业的大鳄。想着想着，只会摇头，他知道自己没有选择，为推翻国民党反动派，建立一个没有剥削和压迫的新社会，他必须做"黑屋子里的点灯人"，哪怕献出生命，都不足惜。

陈皮店开了几个月，慢慢地也就有了很多老顾客，三天两头到店里转一圈，未必买货，只是来跟龚瀚文见个面，品尝着龚瀚文泡制的陈皮茶汤，海阔天空地闲扯半晌，很享受。

这天，店里走进一位女顾客，身材高挑，披一头长发，长着一张椭圆的鹅蛋脸，皮肤白皙细嫩，眼睫毛特别长。她走到柜台前，让刘小光取来二十年陈皮陶罐，取了很小的一块陈皮，对着光线仔细看陈皮的纹络和油点，又放在鼻子下闻闻，然后掰碎，用手指捻成细末，放在舌尖上。她正专心品味的时候，一抬头看见龚瀚文正微笑着注视自己，她的脸倏地红了。

龚瀚文从茶几前站起来，走到女子身边："这位小姐，请问您是要买这二十年的陈皮吗？"

女子嘴里含着那块陈皮仍在细咂慢品，见龚瀚文过来与自己说话，忙笑着打招呼："祁老板，生意不错啊。"

龚瀚文愣了一下，细看才觉得女顾客面熟，却想不起在哪里见过。"小公主，我们认识？"他试探着问。

女顾客调皮地反问："你说呢？祁老板老家四川广元，你邀请我夏天时候去你家乡避暑，夏天没到，祁老板就不认识我了。"

龚瀚文猛然想起刚开张的时候，这女的来过，陪同她的是一位冷面男子。当时他对那个男人非常警惕，感觉来者不善，不过对这个女人印象不错。龚瀚文连忙道歉，说"想起来了想起来了，刚开张第二天，小姐就来捧场的"。"你老公没来？"女客愣了一下，明白龚瀚文说的是谁，就笑了，解释那不是老公，就是一个男性朋友，在警察局工作。龚瀚文心里"咯噔"一下，他的感觉没错，那个人应该是警察局的密探。

为了试探底细，龚瀚文故意做出很惊讶的表情，说道："啊哟，你朋友那人……肯定不太好交往，很冷淡，那天到店里来，对着我们这些坛坛罐罐瞅来瞅去，好像我是卖假货的，好在你是行家，一看就知道我卖的是正宗的新会陈皮。"

女客笑了笑说："他就那样，职业病。其实人挺好，你跟他熟了就知道了，很讲义气的。"

龚瀚文忙说："是吗？有机会引见一下。"

女客爽快地答应了，说道："随时可以把他招呼过来。"

龚瀚文立即转移话题，让女客感觉他就是随意一说："你看这二十年的皮怎么样？我家的陈皮，跟别的店对比，同样的年份，色、香、味都略胜一筹。"

　　女客点点头，问道："如果我大批量购买你的陈皮，祁老板能确保质量吗？跟这小罐罐里的一个品质。"

　　"放心小姐，你可以从罐罐里带走几块皮，作为对比。不知小姐要多少？"

　　"两千斤。"女客仰头看着龚瀚文，一脸认真的表情。

　　"两千斤？"龚瀚文一惊，这可不是个小数，她一个小女孩，一定不是自己用，要这么多皮干啥？

　　"请问小姐，您怎么要这么多货？"龚瀚文问。

　　女客犹豫了一下，说道："我父亲在马来西亚也开着陈皮店。我现在上海国立交通大学读书，春节前恰巧路过您这儿，本打算进来随便转转，见你家陈皮卖得好，就买了几个年份的，回去后挨个儿品尝一遍，确实很好，我把那些皮寄给父亲品尝，没想到他给我回信，让我买一批你店里的陈皮。"

　　龚瀚文恍然大悟。他记得自己父亲讲过，马来西亚最大、最有名的陈皮店老板叫马广和，也是广东人。他试探性地问道："可否冒昧地问一下小姐尊姓大名？"

　　"我姓马，叫马思宁。"

　　龚瀚文又问道："思宁小姐在马来西亚，可曾听说过马广和先生？"

　　"就是我父亲。"马思宁说完，惊讶地看着龚瀚文，"难道你认识他？"

　　龚瀚文的父亲跟马广和是好朋友，在马来西亚的时候，因为是同乡，经常走动，那时候马思宁还没有出生。如果说出父亲跟她父亲的关系，自己的身份就暴露了。

"哦……不认识，不过做陈皮生意的，可都知道马先生，我刚入行的时候，就有人告诉我的。"龚瀚文的话也没错，陈皮行当的人，大多知道马广和。不过他有些疑惑，马广和怎么会从上海进货？于是就问道："马先生做了很多年陈皮生意，在新会应该有固定的货源啊，那里的货会便宜一些。"

她点点头，说："我父亲这两年身体欠佳，不想亲自回来了，我因为从小喜欢陈皮，月底要回马来西亚，或许父亲故意给我一个机会，考验一下我的智商。"说完，自己忍不住笑了。

龚瀚文也笑了，说道："马小姐已经是行家了，完全可以继承父业。"

马思宁忙摇头。"我哪是行家，在你面前还是小学生，我第一次见你后，回去的路上，就跟我那朋友说，这人太内行了，至少干了十几年陈皮生意。"

龚瀚文点头承认，说："马小姐好眼力，我入行十二年了，十五岁就在陈皮店当小伙计。"

她收起笑容，端坐了一下身子，又说："如果祁老板对这桩生意感兴趣，愿意帮我组织这批货，那我们约个时间，我请您喝茶，先预付一些定金给您。哦，您看，我说了这么多，竟忘了问您尊姓大名了？"

马思宁白皙的脸上露出天真的笑。

"嗨，免贵，我姓祁，祁广辉，来上海前，行里的人都叫我小辉子。"龚瀚文微微欠身，接着说，"你们马家掌控着马来西亚整个陈皮市场，像我们这种本小利薄的散户，能得到你们的照顾，当然求之不得！"

"祁老板，您不用太过自谦，就这么说定了，我今天回去，把这批货的清单给您列出来，明天顺便把定金带来。从祁老板的店出去，往右转，离这儿不远有家川菜馆，祁老板是广元人，估计喜欢吃川菜，我前两天去过一次，感觉不错。明天中午我来请，不知祁老板是否方便？"

"思宁小姐真是快人快语，好，明天中午川菜馆，咱不见不散！"龚瀚文呵呵笑着，双手抱拳，向马思宁拱拱手。

龚瀚文把马思宁送出店门，站在门口望着她走远，这才返回店内。刘小光冲他眨眨眼，双拳紧握，平举在胸前用力晃了晃。

"祁老板对这位马小姐很感兴趣呀。"刘小光用半嘲讽的口气说。

龚瀚文没有立即回答，静静地思索了半天，才说："我倒是对她那个在警察局的朋友很感兴趣。"

刘小光张着嘴巴，想说什么没说出来，最终呼出一大口气，"哦"了一声。

第二天中午，龚瀚文提前去了川菜馆找了个雅间，让服务生准备了三套餐具摆放好，然后坐在那里看当天的报纸。最近的新闻比较多，抚顺煤矿事件的民愤还没有平息，蒋介石因为软禁国民党元老胡汉民，又在全国引起公愤，游行抗议声不断……龚瀚文表面上每天过得很清闲，其实暗地里密切关注着每一个新闻背后可能引发的事件，随时做好战斗准备。

马思宁按时赴约，带了她那个在警察局的朋友。龚瀚文已经点好了菜，马思宁到后，立即让服务生上菜。马思宁看着桌上摆好的三套餐具，愣怔了一下，问道："祁老板怎么知道我会带朋友来？"

龚瀚文笑了，说道："思宁小姐做事细致，信守承诺，你月底就要回马来西亚，我猜测十有八九会利用这个机会，把你的朋友介绍给我认识。"

马思宁敬佩地点点头，指了指身边的男人说："我朋友，孙少杰。"

孙少杰冲龚瀚文伸出手，说道："幸会，祁老板。"

龚瀚文握了握孙少杰的手，感觉孙少杰的手僵硬而冰凉。他说："很荣幸能认识孙先生，听说孙先生在警察局任职，哪个部门？"

"督察。"孙少杰简单明了地说。

"督察，厉害、厉害。孙先生快坐，我已经下了菜单，就是不知道适不适合孙先生和思宁小姐的口味。我点的都是家乡特色菜。"龚瀚文无意中强调一个信息，他是四川人。

马思宁坐在餐桌上，看到刚才龚瀚文翻阅的报纸，随手拿起来看了一眼，就看到一张学生游行抗议的照片。她把报纸在餐桌上拍打两下，很生气地说："一个国民党元老，说给软禁就软禁了，哪里还有民主自由！蒋介石也太专权独断了！"

龚瀚文立即给马思宁使眼色，压低声音说："女孩子不要掺和这些事。"

孙少杰瞅着马思宁，说道："对不对？我也这么告诉你的。"

龚瀚文又说："看不惯的事情多着呢，你管得过来吗？生气你能怎么着？"

孙少杰有些兴奋地拍打一下桌子："我是不是也这么说的？是不是？一个女孩子，疯疯癫癫地跑大街上游行，太不像话了！"

龚瀚文故作惊讶地看了看马思宁，问道："你真去游行啦？不怕被当作共党抓走啊？"

"听见了吧？跟我说的一样吧？还不听我的！"孙少杰瞅了马思宁一眼。

马思宁撇撇嘴，说道："找到知音了是吧？看把你激动的。大街上那么多人游行，都是共党啊？你们警察整天抓人抓人的，除了抓人，还会干什么？真看不起你们这些人！"

龚瀚文连忙制止马思宁的冲动，说道："孙先生可是为你好。警察这碗饭也不好吃，唉，现在干什么都不容易。"

孙少杰深有同感地点点头。

龚瀚文叹了一口气，又说："也是，你说孙先生，现在政府越来越无能，抚顺煤矿的事情，就应该追究日本商人的责任，把他们赶出中国！"

孙少杰也就随声附和，说道："太可恨。我们这些小喽啰，也就是混碗饭吃，又能怎么样？"

龚瀚文赞同地点头，说道："怎么说起这些破事了……思宁小姐，购货单拿来了吗？"

马思宁拿出准备好的货单交给龚瀚文。龚瀚文仔细看过，见每一种陈皮的后面，都用蝇头小楷对陈皮的色泽、形状进行了详细标注，字迹隽永娟秀。

"思宁小姐做事真是有板有眼，佩服！"龚瀚文夸赞道。

"祁老板，不必客套。这次您能按质按量将这批货备齐，相信以后我们还会有很多的合作机会。"

"谢谢思宁小姐的关照。你月底就走，时间挺紧张，你看这样行不行？你把令尊在马来西亚的地址告诉我，我直接把货发过去，如果发现有质量问题，双倍罚款。"

马思宁很高兴，觉得办法好，她在货单上写下了马来西亚的收货地址，抬手拿过自己放在餐桌上的手包，掏出一张汇丰银行的支票，交给龚瀚文，算是定金。龚瀚文连连摆手，推让道："不用，真的不用！"

"生意讲究的是诚信二字，我答应给您交定金，咱就按规矩办。"

龚瀚文有些不好意思地接过支票，道了声谢。这时候，饭菜上桌了，他急忙招呼马思宁和孙少杰品尝。一顿饭吃下来，他们三个人聊了很多，从动荡的时局，聊到各自的家乡，都很开心。聊天中，龚瀚文觉得孙少杰确实是个真性情人，他在警察局上班，也就是一份养家糊口的差事。他琢磨，或许可以想办法跟孙少杰成为"朋友"，对自己以后的工作很有帮助。

饭后，三个人分手的时候，龚瀚文很想主动跟孙少杰要联系方式，但看孙少杰并没有继续交往的意思，也就没有张嘴。孙少杰开着警察局的专用车，他给马思宁打开车门，马思宁却没上车，伸手跟孙少杰要了车钥匙，孙少杰只好坐到了副驾驶座上。

看着马思宁开车远去，龚瀚文独自一人返回陈皮店，边走边琢磨如何尽快把马思宁的这批货发走。货源不愁的，一分钱一分货，只要不为赚钱，质量肯定有保障。当然，这件事还是要交给陈铭，让陈铭一定尽快办理。他看得出来，马思宁跟孙少杰绝不是一般的男女朋友，而且她思想也很进步，是一个爱国学生，通过她跟孙少杰的关系，一定可以得到警察局的很多信息。

四月的天气暖洋洋的，今天又出了太阳，很配合龚瀚文的好心情。他很有节奏地晃动身子走路，甚至还吹了两声口哨。转过一条街角，再走二百米就是陈皮店了，这时候迎面有个人急急跑过来，仔细一看是刘小光，他有些惊讶，这小子不待在店里，跑出来干啥，出什么事啦？……龚瀚文的心沉了一下，也加快脚步迎上去。

"祁老板，快！赶紧跟我走。出事了！"刘小光赶到龚瀚文身边时，黑红的脸膛上已蒸腾起热汗，他气喘吁吁地对龚瀚文说完，掉头就走。

"什么事？"龚瀚文倒吸一口冷气，紧撵几步，追上刘小光问道。

刘小光对龚瀚文的问话没有作答，转身拐入一条小巷，到了僻静处，刘小光见四下无人，这才停下脚步对龚瀚文说："刚才地下联络员到店里通知我们，特科内部出了叛徒，上海所有的地下组织和重要联络点都暴露了。"

龚瀚文有些蒙，脑子嗡嗡的，瞪大眼睛问道："你再说一遍，所有的……"

"对，所有的。中央机关的几位重要领导，必须在后天中午前撤离上海。"

"我们的任务？"

刘小光把一张纸递给龚瀚文，上面写着："下午三点，新闸路的鸿翔宾馆碰面。"

"跟谁碰面？"龚瀚文问。

刘小光摇摇头。

龚瀚文命令刘小光回到陈皮店，把该毁掉的东西毁掉，能转移的转移，然后关闭店门，通知所有队员，晚上六点在龙门路40号碰面，那个地方只有他们队员知道，比较安全。

他特别叮嘱刘小光说："记住，把花盆打碎！"

刘小光说："我出门的时候已经打碎了！"

打碎花盆，意味着陈皮店的秘密联络点已经暴露，彻底弃用，以防不明真相的同志上当受骗。

龚瀚文点着头说："好！我们晚上见。"

刘小光担心地说："现在整个上海的情况非常危急，您千万注意安全。"

"我知道，你也要注意！"龚瀚文说完，伸手与刘小光紧紧握过，匆匆赶往王阿姨家。

龚瀚文回到自己住处，简单收拾了一些随身物品塞入包内，拎起来要往外走。隔着外匠窗子，他看见王阿姨从外面走进屋子，忽然想起一件事，王阿姨的房租还没结清。他忙打开手提包，从里面取出一些银圆，也没仔细数，直奔王阿姨房间，到门口时，正要敲门，屋门开了，冉墨宣一脚门里一脚门外立在那里。

龚瀚文愣怔一下，有些仓促地问："冉小姐今天怎么没去上班？"

冉墨宣笑了笑说："我今天休班……哎，你匆匆忙忙，这是要去哪里？"

冉墨宣看着龚瀚文手里的行李包，脸上的笑容定住了。

龚瀚文低头看了一眼手里的行李箱，脑子转了几圈说："有一个大客户，要一大批货，我要亲自去广东一趟。"

冉墨宣没说话，目光一直落在他的行李箱上，显然不相信他说的话。龚瀚文素性从手堤包里掏出马思宁的货单，给冉墨宣看。"你怎么不相信？瞧瞧，这么一大笔货单，我能不亲自去吗？"

冉墨宣眉毛一挑说："我不相信了吗？再说了，祁老板去哪里，也不用跟我请假，对不？不用这么多解释。去多久啊？"

龚瀚文有些尴尬地笑笑："说不准，这批货量很大，我可能要在那边多待一段时间。"

冉墨宣没说话，看自己的脚尖。

"这是房租，你转交王阿姨。"龚瀚文说着，把钱递给冉墨宣。

冉墨宣犹豫了一下，还是伸手接了。

"你和王阿姨多保重，我走了。"龚瀚文转身朝院外走去。

"哎……"冉墨宣喊了一声。

龚瀚文听到冉墨宣的叫声，停下脚步，回头看见冉墨宣望着自己，却不吱声。

"保重啊！"龚瀚文冲冉墨宣挥挥手。

冉墨宣也扬起手，挥动两下。

龚瀚文走出王阿姨院门的时候，心里突然堵得慌。住了这么多日子，突然间要离开，难免有些伤感。

龚瀚文几经辗转，才找到新闸路的鸿翔宾馆，轻轻敲了几下门，出来开门的竟然是陈铭，他给龚瀚文使了个眼色，龚瀚文赶忙进屋。

关上门后，龚瀚文急急地问："特科什么人叛变了？"

陈铭咬着牙，满脸愤恨，半天不说话。

"听说在上海的中央领导人都要撤离上海，是不是真的？"

陈铭长叹一口气："真的，华老板出事了。"

"华老板……"龚瀚文的脑袋嗡的一声，如果华老板出事了，那可真是山摇地动，不仅上海的秘密地下组织全部暴露，就连武汉和江西，甚至全国重要的秘密交通线和主要领导人的住址都会暴露了。他有些愤怒地说："他、他华老板怎么出事了？"

陈铭无奈地摇摇头。"以后再细说，昨晚得到消息，中央机关连夜行动，已经搬迁到隐秘安全的地方了。一些重要领导人也紧急转移出了上海，但还有一些没来得及通知，现在把这个特别的任务交给你们。"说着，陈铭把一张纸交给龚瀚文，"你想办法，通知这十位领导，把他们安全转移出上海。"

陈铭停顿一下，加重了语气，几乎一字一顿地说："无论有多大的牺牲，必须确保他们安全转移！"

龚瀚文点点头，声音低沉地说："我会尽力。"

陈铭突然有些恼怒，用几乎是训斥的语气说："不是尽力，是必须！"

龚瀚文一挺胸脯，坚定地说："是！"

陈铭看了一眼龚瀚文的行李箱，缓和了语气说："这个宾馆暂时是安全的，你就住在这里吧。"

陈铭说完，拉开门匆忙而去。

龚瀚文看着手上的人员名单和联系地址，感觉双腿发软，身子一歪，倒在了宾馆的床上。

13

华老板是上海人，二十出头的时候，混在上海帮会和地痞流氓中，靠着一股不要命的狠劲儿出了名。他曾在烟厂当过工人，上海工人运动时，他又凭着敢打敢冲的狠劲儿，成为工人运动的领导人之一。但是，他又不是没脑子的人，极其聪明，组织送他去苏联学习，短时间内他就学会了使用各种武器、修理各种机械，以及心理学、化装技巧，尤其是学会了魔术，称他是"奇人"不算夸张。他在特工战线创造了很多个奇迹，就连国民党那些老牌特工，都对他大加赞誉，称他为"全能特工""特工大师"。中央机关的特科创建时，他是负责人之一，后来成为中共中央的高级领导人，掌握着中共地下党组织的核心机密，很多秘密组织和秘密联络点都是他一手创建起来的，甚至潜伏在国名党内部的中共特工名单，大都掌握在他手里。他叛变投敌，就等于把中共中央机关和地下党秘密组织的底牌全部交给了国民党政府，尤其是居住在上海的中共领导人全部面临被捕的危险，必须离开上海或转移到更隐蔽的地方。

华老板是在武汉出事的，他本来是护送两名重要的中共领导人经武汉到鄂豫皖苏区，完成护送任务后没有立即返回上海，在武汉逗留了半个多月，就是这半个多月，差点让中共中央机关全军覆没。

问题出在女人身上。华老板随着自己地位的提高，开始追求享乐生活，到后来吃喝嫖赌全占着。尤其是喜欢女人，不仅去"红楼"玩，还包养情妇。因为工作关系，武汉是他经常去的地方，因此他在武汉就有一个相好的。这次在武汉逗留期间，钱花得太猛，最后捉襟见肘，竟然没有返回上海的路费了。为了筹集一些钱，他脑洞大开，跑到武汉游艺场表演魔术。

他的表演非常成功，每一个节目结束，都博得阵阵掌声，一些妙龄女郎甚至激动地上台跟他拥抱。他很得意，把自己的拿手好戏都施展出来，尽力卖弄才华，那样子就叫"得意忘形"。作为中共高级领导人、中共特科的掌门人，平时出门都要小心谨慎，公开场合尽量不要露脸，像他这样登上舞台"耍宝"的人，恐怕前无古人后无来者。

就在他得意忘形的时候，哪里想到台下有一双眼睛，吃惊地盯着他看，心里说"这难道真是华老板"？这个人叫王竹桥，曾经在华老板手下工作过，一年前被派到武汉做秘密联络员，被捕后叛变投敌，正想办法获取中共情报，在国民党特务那边树立自己的地位，没想到天上掉馅饼。他竭力抑制住自己因狂喜而慌乱的心，悄悄退出人群，快速去向国民党中央调查科驻武汉特派员蔡孟坚报告。

蔡孟坚根本不相信中共这么大的人物会在游艺场进行魔术演出，他坐在椅子上，屁股都没抬，斜视了王竹桥一眼，说王竹桥想立功想疯了。王竹桥信誓旦旦地说，"如果不是华老板，你砍下我的脑壳！"蔡孟坚张大了嘴巴，愣了片刻，腾地站起来，召集便衣特务杀奔游艺场。

华老板最后的深留节目是"活人隐形",也就是把自己变没了。节目开始时,他已经感觉到舞台下的异样,有几名黑衣男子正慢慢朝舞台包抄过来。舞台上,两名女搭档扯起一块黑布,向台下展示,然后蒙在华老板身上。就在这时,几个便衣冲上台,一起扑向那块黑布。然而,当他们掀开黑布的时候,发现下面空空的,不见华老板的影子了。

台下爆发出一阵热烈的掌声,观众们都以为这是精心设计的场景,觉得很刺激,一个劲儿尖叫,呼喊魔术师上台现身。然而喊叫了半天,也不见魔术师的影子。站在台上举着手枪的特务们很尴尬,急忙跑到后台搜查,也不见人影。

身手敏捷的华老板,在黑布蒙在身上的一瞬间,就势滚到了幕布后面,撒丫子朝游艺场外奔跑。就在他要冲出游艺场大门的时候,几只黑洞洞的枪口同时对准了他。一切挣扎都是徒劳的,他意识到"华老板"过去的生活结束了。

几双手同时拧住了他的胳膊,他没有挣扎,束手就擒。

在武汉,国民党还有一股力量是"武汉公署行营",行营的主任叫何成俊,他的手下耳朵很灵,得知蔡孟坚带人抓捕了中共一个大人物,赶忙派手下将华老板带到了武汉公署行营。

蔡孟坚自然不干了,自己的功劳怎么能让何成俊抢走?气呼呼去找何成俊要人。恰好,华老板指名道姓要见蔡孟坚,别人谁都不谈,何成俊只能让蔡孟坚审讯华老板。当然,何成俊不会放手的,一直关注审讯情况。

作为中共特科的负责人,华老板对蔡孟坚并不陌生,知道这个人是国民党中央组织部调查科在武汉的全权代表。见到蔡孟坚后,华老板直截了当地说,上海、南京、武汉等地中共地下党组织,大都在他手中掌握着，但他要见到蒋介石才会说出来。华老板自己也是做特工的，知道蔡孟坚抓了他这么"一条大鱼"，一定会用他捞取好处。他想见蒋介石，是想从蒋介石那里获得承诺，在他说出中共地下党组织秘密办公地址后，能确保他的人身安全，并且在国民党那里获取一个很好的位置。蔡孟坚就是一个小人物，不可能满足他这些要求。

虽然蔡孟坚知道华老板是中共特工负责人，但究竟知道多少情报，说不好，对于华老板的话，也将信将疑。于是，他就转弯抹角地试探华老板，看他到底有多大价值。

"华老板，我手下的人太粗鲁，没有冒犯您吧？"蔡孟坚赔着笑说。他在华老板面前像个当差的，似乎华老板是他的主子。

华老板瞪了蔡孟坚一眼，没吭气。

"您要不要来支烟？"蔡孟坚掏出一盒烟，抽出一支递给华老板。

华老板这么聪明的人，一下子就听出蔡孟坚的用意，有些不耐烦地推开了蔡孟坚的手说："蔡特派员，别浪费时间了，我要面见你们的蒋委员长。"

"抱歉华老板，蒋委员长日理万机，哪能说见就见。再说了，你说掌握中共秘密组织的名单，是真是假谁知道？我们贸然送你去见蒋委员长，万一你说谎了……"

华老板气愤地说："不见老蒋，我什么都不会说的。"

"好好，我们会尽快报告蒋委员长。"蔡孟坚敷衍说。

"报告个屁！你们千万不要给老蒋发电报，赶快送我去见他！"

华老板知道，在国民党政府很多个重要部门，都有潜伏的中共地下党员，只要电报发到南京，他被捕的消息就会传到上海，等到他见到老蒋时，中共中央机关主要负责人早就溜之大吉了。

蔡孟坚并没有真正听懂华老板的话，和颜悦色地说："华老板不要发脾气，我们好好聊聊……"

"我人都在你们手里，为什么要说谎？"华老板怒视着蔡孟坚。

蔡孟坚似乎很为难，搓了搓手说："我怎么能相信你的话？你至少要证明给我看啊。"

华老板一想也对，那就先给他们透露一些秘密情报，显示一下自己的身价。他供出了二十几个中共驻武汉秘密机关，蔡孟坚和何成俊带领特务立即搜捕，果然是真，一下子抓捕了几十名地下党员，可把他们忙坏了，也乐坏了，没想到一下子破获这么多中共秘密机关。

蔡孟坚问华老板，说道："你还知道多少中共核心组织和机构？你可以不说具体地点和名字，说个数字可以吧？"

华老板不屑地看了一眼蔡孟坚，用鼻音说道："哼哼，这只是冰山一角。"

确实，他对蔡孟坚供出来的中共秘密机关和秘密联络员，只是毛毛雨，真正的核心组织和重要人物，他是要跟蒋介石当面说的，这样才能显示他的价值。

何成俊和蔡孟坚都开始打自己的小算盘了，都想从这件事中捞到好处。蔡孟坚觉得能抓获中共这么重要的人物，真比捡到一口袋金子还幸运。这些年，他没少出力，但也就混了个小小的武汉特派员，不就是因为自己没靠山嘛！蔡孟坚想，眼下这件事，肯定惊动蒋委员长，那他今后的仕途就顺利了。

尽管华老板再三提醒蔡孟坚，千万不要给南京发电报，当心走漏消息。然而为了跟何成俊抢功，他还是连夜给特务头子、国民党中央调查科主任徐增秀发了电报。蔡孟坚自作聪明，为防止电报被中共截获，他使用了特别密码，并特意强调"徐增秀主任亲启"。

电报发出后，没有收到回电，他有些焦急，接连又发了两封电报，还是没得到回复。华老板是1931年4月24日下午被捕的，蔡孟坚当晚给徐增秀发的特急电报，不巧的是，第二天是周末，南京政府大多数官员喜欢周五晚上坐车去上海花花世界里度假，政府办公楼里几乎空无一人。徐增秀也去上海花天酒地了，只有机要秘书金强在办公室。金强是潜伏在徐增秀身边的中共地下党员，也正因为自己特殊的身份，他周末很少外出，大都是在办公室度过的。他就像一颗螺丝钉，牢牢地固定在国民党敏感部位，一秒也不松动。

这次，真让他等着了。

金强最初接到电报，没当回事，丢在一边，准备周一上班后交给徐增秀。但是又接连来了两封加急电报，都是写着"徐增秀亲启"，他心里就"咯噔"一下，觉得可能是重大事情，于是偷偷打开秘电。尽管电报使用的是特殊密码，只有几个人能看懂，但金强潜伏到徐增秀身边后，已经悄悄破译了这种密码。他看完电报，当时就吓出一身冷汗。他知道，这封电报如果被徐增秀看到，中共中央机关必定遭受灭顶之灾。

很快，他冷静下来思考应对方案。这是一次决定中共中央机关生死存亡的思考和选择，整个中央机关和主要领导人的命运，都掌握在他手里。按照惯例，徐增秀周一上班，首先要询问机要部门有没有电报等重要文件，他必定会知道这封电报的事情，隐瞒是不行的。也就是说，这封电报周一必须交给徐增秀，留给中共领导人和秘密机关转移的时间只有周末两天。

还有，华老板被捕，他的身份也就暴露了，走还是不走？仔细想，眼下不能离开，如果他跑了，周一徐增秀上班第一时间看不到他，必定追查原因。他要留下来麻痹徐增秀，能拖多久就拖多久，给中央机关和领导人的转移争取时间。

危急时刻，让谁去上海送信最可靠？想来想去，他选择了自己的女婿，他写了一封信，让女婿连夜去了上海，把华老板在武汉被捕，要求面见蒋介石的重大情报，直接交给了中共中央机关主要负责人。

一场与时间赛跑的生死决斗，就此拉开帷幕。

14

龚瀚文跟陈铭见面后，立即赶往龙门路40号的聚会地点，程雨亭他们都到齐了，紧张地等待龚瀚文，都为他的安全担心，见他进屋，终于长舒一口气。

没有客套话，程雨亭低声问龚瀚文："什么任务？"

谁都猜得到，这个时候上级约见龚瀚文，一定是给"打狗队"下达任务。然而，当龚瀚文向队员们传达了上级的命令时，大家都傻眼了。十位领导人，而且是拖家带口的，要在明天傍晚之前离开上海，太难了。尤其是在车站和码头，国民党设了很多关卡，特务密探也特别多，如何通过一道道盘查？

大家都很焦急，可谁都没有想出绝对安全的方案。龚瀚文一直没说话，脑子里在琢磨两个人，一个是马思宁小姐，一个是丐帮头目阿三。他想，如果中共领导人转移的时候，人和随身物品分开走，会更容易通过盘查，人由马思宁借用警察局专用车送到车站码头，物品交给阿三。那些乞丐们整天在车站和码头晃荡，那里就是他们的家，因此跟车站、码头的警察都很熟悉，让他们带货过关，会很轻松。

龚瀚文说出了自己的想法，得到了大家的赞同，关键问题就是能不能借到孙少杰的车，而且要使用一天。龚瀚文当即决定，出门找公用电话跟马思宁联系，如果可以，再确定下一步计划。

马思宁给龚瀚文留过学校宿舍的电话，因为她月底要回马来西亚，现在很少去学校了。龚瀚文抱着试试看的心理，拨通了她宿舍电话。接电话的不是马思宁，是同宿舍的女生，不过还好，她告诉了他马思宁住处的电话。按照号码，龚瀚文拨打几次都无人接听，他站在公用电话旁边，急得直转圈。大约过了十分钟，他决定离开公用电话，回去再想办法。转身走的时候，脑子一个闪念，又拨打了一次电话。很多事情，成败就在这一闪念间。

龚瀚文听到电话那边传来马思宁的声音，心里一阵激动，说话的声音都变了。

马思宁显然听出龚瀚文声音的变化，惊讶地问："祁老板，你怎么啦？"

龚瀚文极力平息自己的情绪，说他家中出了事，要赶回四川处理，陈皮店也要暂时关闭一些日子。"我后天离开上海，但有很多事情要在明天处理完，能不能把你朋友孙少杰的车借来用一天？"他尽力说得很平淡。

马思宁不假思索地说："好呀，这不算事情，他对你印象不错，我给他打电话，你明天去找他开车。"

龚瀚文忙说："最好不要说我用车，刚认识就跟他借车，不太合适，我跟你不一样，你用他的车，用几天都可以。"

马思宁明白了，笑了说："好吧，我就撒个谎，说我用一天车。哎，你回家多久？我定的陈皮……"

"思宁小姐，你放心回马来西亚，我肯定会按期把货发过去，而且一定会让马先生满意。"龚瀚文说得很真诚。

龚瀚文跟马思宁敲定借车的事，返回龙门路40号，给大家做了分工，程雨亭带领一组队员，连夜通知转移名单上的领导人及亲属，做好明天的转移准备，龚瀚文带领一组队员连夜摸清车站和码头的情况，为明天转移寻找最可靠的路线。董全胜和张明德，去寻找一些"野鸡船"，个别领导人无法乘坐火车轮船，可以用"野鸡船"秘密运送出去。

两个小组分头行动，折腾到凌晨三点，才回到龙门路40号碰头，汇报各方面的情况。董全胜找到了三条"野鸡船"，可以避开密探的视线，偷偷出海。要转移的领导全部通知到位，并且让他们尽量少带随身物品，车站和码头的路线也观察好了，并且龚瀚文还连夜找到丐帮的阿三，给他交代了任务。阿三承诺，保证把物品一件不少地送进车站和码头。

龚瀚文让大家抓紧迷糊一会儿，但所有人的神经都很紧张，哪能睡得着，如果远处传来一声警笛声，大家都会情不自禁地弹跳起来，趴在窗口朝外看。最担心的就是国民党上海警察局接到南京方面的秘电，开始对中共的地下党组织和主要领导人采取行动。

好不容易熬到天亮，队员们离开住所，按照分工各就各位了。因为是周日，街面上的行人稀少，只有一些人力车停靠在街头。龚瀚文叫了一辆人力车，赶到碰面的地点，等着马思宁把车送过来。说好九点见面，等到十点了，还没见到马思宁，龚瀚文急得满头冒汗，时间拖不起，尤其是已经买了中午的车票和船票，如果不能按时赶到，今天的转移就失败了。

因为在碰面地点等候太久，龚瀚文起了疑心，担心事情有变故。这倒不是对马思宁不信任，而是担心密探孙少杰。于是，龚瀚文离开见面地点，去了对面的一个杂货店，观察周围的动静。

到了十点多，一辆车停在碰头地点，马思宁从车里走出来，有些焦急地四下张望。龚瀚文没有立即走过去，他确认车里只有马思宁一个人，周围没有异常的时候，才小跑步赶过去，忙不迭地给马思宁道歉，说以为她不能来了，刚刚离开这里，不料远远地回头，发现车来了。

　　马思宁一脸歉意，把车钥匙递给龚瀚文时说："这个混蛋，我说月底回马来西亚，今天要出门买些东西，可他死活不肯借车，说今天人员和车辆都要待命，我跟他说了半天，最后答应借车给我，但要陪我一起出来买东西，我真跟他急了，说从此一刀两断，这样才勉强把车借给我，但让我四点前还给他。"

　　龚瀚文一下子就明白了，警察局已得到信息，预感会有大行动，因此要求人员和车辆待命。马思宁为了借车，也真是拼了，脏话都说出来了。龚瀚文急忙道谢，承诺下午四点前一定把车送到这里。

　　有了警察局这辆车，就方便多了。龚瀚文亲自驾车，接上被转移的领导人和家人，分别送到车站和码头，一秒钟都不停歇，连续跑了十几趟。所有要转移的领导人和亲属，都是提前到达车站和码头，然后由乞丐们避开警察和特务的盘查，把那些重要物品送到他们手里。乞丐们的办法很简单，就是背着一个捡垃圾的破袋子，把重要物品放最底层，上面放一些捡拾的破烂，大摇大摆地从各个出入口混进车站和码头。这些乞丐每天都是这样自由出入，去里面跟乘客乞讨，巡警们都已经习惯了，而且也都认识那一张张脏脸，懒得搭理他们。

　　就这样，龚瀚文机智地护送中共领导人，坐上了火车、轮船和"野鸡船"，在大搜捕前安全离开了上海。

　　下午四点前，龚瀚文在碰头地点准时把车钥匙交给了马思宁。因为顺利完成任务，他从内心感激她，不知道该如何表达这份感激。就在马思宁准备上车的时候，他突然说："思宁小姐，我明天就离开上海，你回马来西亚，我不能给你送行了，请代问马先生好，也祝你一切顺利。"

马思宁站住了，回头一笑，说："谢谢你，我还会来上海的，还会见到你。"

说着，马思宁朝龚瀚文伸出手。龚瀚文跟马思宁握手，觉得不足以表达对她的感谢，于是很自然地拥抱了她。马思宁很开心地笑了，说道："谢谢你祁大哥。"

她这次没有叫他祁老板，而是叫祁大哥了。

龚瀚文站在原地，看着马思宁开车走出很远，这才长出了一口气。这一天他的腿都跑软了，从早晨到现在滴水未进。他知道，转移中央机关的主要领导人只是第一步，后面还有很多要处理的事情，现在只是黑云压城之时，随即而来的将是血雨腥风。

这个周六，对于武汉的蔡孟坚来说，也异常难熬，他发了几封加急电报，都没有收到回音，该怎么办？他从来没经历过这么重大的事情，心里既兴奋又忐忑不安，担心被别人摘了桃子。想来想去，决定周日亲自坐船押解华老板去南京。

何成俊得知蔡孟坚押着华老板去南京了，并不焦急。周日傍晚，他坐上飞机，赶在周一上班时，去向蒋介石报告这个重大消息。

蔡孟坚乘轮渡押送华老板去南京，说是押送，其实应是护送，他像伺候亲爹一样伺候着华老板，唯恐途中出了差错。

轮船顺江而下，蔡孟坚一步不离地守护在华老板身边。他见华老板一直仰头看天，就搭讪道："华老板，想什么呢？"

华老板没有回头，他舒了口气回道："我在想，人来尘世一遭，不过如头顶浮云，浮沉幻灭一瞬间。"

"我看你起高楼，我看你宴宾客，我看你楼塌了！"蔡孟坚应道。

"你是在嘲弄我吗？"华老板缓缓转过头来，目光里尽是冷意。

蔡孟坚急忙摆手，解释说："没有没有，您太敏感了，我是想说，人生本来就是虚无的。"

华老板摇摇头，收回目光说："人生如梦，本无对错，一切都是命运最好的安排。"

"是啊！华老板是经过大风雨、见过大世面的人，什么事情都看得明白了，此次前往南京见到蒋委员长，肯定会得到重用。"

华老板没吭声。其实他一直盘算见了老蒋，怎么跟老蒋讨价还价，自己是中共高层领导人，老蒋总要在国民党那边给安排个好位置吧。

"你这样的人才，徐科长肯定喜欢，我已经向他推荐你了。"蔡孟坚讨好地说。

华老板愣怔了，瞪大眼睛看着蔡孟坚，问道："你是不是已经给徐增秀发电报了？"

"华老板，你是多大的人物啊！这么大的事，我能不跟上司汇报吗？不过您放心，我给徐长官的电报，用的是绝密密码，不会走漏消息的。"蔡孟坚说。

华老板气得浑身发抖，仰天长叹一声说："抓不到他了！坏事都是坏在你们这些自作聪明的人身上！实话告诉你，徐增秀身边有中共的特工。"

华老板说的"他"，就是中共中央机关负责人。华老板沉默了，目光落在一波江水里，好半天才自语："唉！这都他妈是命啊！"

蔡孟坚听说徐增秀身边有潜伏的中共地下党，吓了一跳，但内心还是抱有侥幸，心想他发去的电报密码，没人可以破译的。这时候，他心里有些烦躁，起身站到船头看远处的江水，感觉这船像老牛拉破车，走得太慢了。

然而，对于中共中央机关的领导人来说，这两天的时间走得太快了，恨不得让时间亭止下来。自从周五深夜接到金强的情报后，中央机关各秘密组织，真的像疯了一样跟时间抢生命，将上百名领导人和地下秘密联络员转移到更隐秘的地方，或离开上海。从通知到掩护，每一个环节都不能出错。还有上百个核心组织和秘密机关，也是在两天内找到了新的安全地点并搬迁完毕。

时间来到周一旦晨，从上海玩耍回来的特务头子徐增秀，有些疲惫地上班了。机要秘书金强将武汉方面的电报呈送给徐增秀，然后回到办公室收拾了一下物品，从容地离开了办公大楼。

徐增秀看了电报，一下子从座椅上弹跳起来，准备跟武汉的蔡孟坚联系，老蒋那边已经听了武汉公署行营主任何成俊的报告，打电话过来追问此事。徐增秀一时不知怎么回复，赶巧蔡孟坚赶来汇报。徐增秀一听，脑袋都大了，立即去找金强，发现办公室收拾得很干净，人已经不在了。徐增秀预感到不妙，派人追到金强家里，发现金强的家人都在，还有金强留给徐增秀的一封信。金强跟徐增秀都是湖州人，就是因为这层老乡关系，有人把金强推荐给他时，他很信任地留在自己身边，当成自己的心腹。自然，他的所有事情，金强都了如指掌。信中，金强感谢这位老乡几年来对自己的关照，告诉徐增秀，由于政见不同，他才离开国民党中央，大路朝天，各走一边，希望徐增秀不要为难他的家人，否则他会举报徐增秀贪污之事。

徐增秀看了金强留下的信，真是哑巴吃黄连。他不但不敢伤害金强的家人，甚至不敢声张金强出走这件事，国民党中央的特务头子身边，竟然安插了中共地下党员，而且还是他老乡，如果让老蒋知道了，吃不了兜着走。徐增秀一跺脚，忍了，忍了，回头把蔡孟坚喊到办公室，暗示他闭上嘴，"电报的事情就当没有发生，否则你小子就没命了"。蔡孟坚本想借此飞黄腾达，不想却被徐增秀打了一闷棍，立即晕了。

徐增秀找补好漏洞后，才把事情向老蒋汇报了，将华老板送到老蒋那边。尽管中共中央机关做了很大努力，但最终还是有上百名地下党员和领导人被捕，许多秘密机关和秘密联络点遭受破坏，损失惨重，中央机关在上海的生存面临严重挑战。

作为特科"打狗队"的队长，龚瀚文肯定上了华老板的黑名单，不过关于龚瀚文的一些细节，陈铭并没有告诉华老板，华老板只是知道龚瀚文是广东人，惩处港署侦缉处处长谢成安后，从香港来上海特科工作，何家才和钱艺的案子都是他干的。为此，国民党上海警察局对龚瀚文发出缉捕令。

中央驻沪调查员黄秋叶对龚瀚文恨之入骨，发誓要抓捕龚瀚文。可在他脑海里，龚瀚文还是一团迷雾，他究竟长什么样子？有什么特点和爱好？黄秋叶一无所知，甚至他猜测，龚瀚文可能早就离开了上海。

国民党政府意欲彻底将中共中央机关赶出上海，在抓捕了大批中共地下党员后，采取了拉网式搜捕，角角落落都清查了一遍。那些日子，忙坏了街头小报，地下党被捕的消息一个接一个。如此恶劣的环境下，龚瀚文和队员们都深居简出，停止一切活动。

然而，龚瀚文待在旅馆并不安全，旅馆恰是特务搜查的主要目标。

这天，陈铭突然来到龚瀚文临时居住的新闸路鸿翔旅馆，告诉龚瀚文立即从宾馆搬走，他已经为龚瀚文租赁了居住的房屋。不过，国民党为了限制地下党的生存空间，规定必须有配偶的男性才可以租赁房子。

陈铭说:"你先搬过去,我尽快想办法,给你找一个假伴侣。"

龚瀚文一个愣怔,问道:"假伴侣……什么意思?"

"就是一个配合你工作的女同志。不过现在很难找,地下党女同志大多转移了……我想办法,尽快给你安排。"

龚瀚文明白了,连忙摇头。前不久,陈铭告诉他,经过广东地下党组织的努力,已经打通监狱方面的关系,张秀芳有可能提前释放。既然女同志很难找,那就不要找了,暂时拖一拖,等张秀芳来上海,问题迎刃而解。陈铭说这件事情不能等,其他队员如果被特务查到了,还可以找理由糊弄一下,龚瀚文万一被查到,肯定逃脱不掉,国民党正到处追捕他,黄秋叶和林大福更是急疯了,把龚瀚文作为缉捕的主要对象之一。

陈铭解释了半天,龚瀚文同意离开旅馆去租赁的房子,但暂时不用派人来配合他的工作。陈铭见龚瀚文很偏执,知道他是在等待张秀芳,想了想,索性告诉他事情的真相。国民党得知龚瀚文是广东人,立即责令广东方面,追查他的底细,得知他妻子还在监狱,特意去监狱审讯张秀芳,却没有得到任何消息,就连狱警都帮张秀芳解释,说这个女人很可怜,自己也不知道男人死活。就是这次审讯,张秀芳从对方嘴里获得一个重要信息,龚瀚文在上海工作,现在一定活着,否则他们不会到处找他。

陈铭说:"本来监狱方面要提前释放张秀芳,现在他们不敢私自做主了,害怕上面追查下来。"

龚瀚文听了,半天不说话,情绪很低落。陈铭理解他的心情,也不多劝,从兜里掏出一张写有租赁房屋地址的纸条放在桌子上,纸条上面还写了居住人的名字:邝惠安。

陈铭说:"你现在的名字叫邝惠安,职业是旧家具店老板,记住了。"

说完，陈铭看了一眼发呆的龚瀚文，要开门离去。

龚瀚文突然说话了："等一下。"

陈铭站住了。龚瀚文从兜里掏出马思宁的那张发货单，交给陈铭，说道："两千斤陈皮，直接发货到马来西亚。"说完，又从提包里取出马思宁给的定金支票，也交给了陈铭。

陈铭有些莫名其妙，用询问的目光看着龚瀚文。

龚瀚文说："我也不跟你多解释，你先发货吧，我保证后面的货款能拿到。"

陈铭把发货单和定金收起来，轻轻带上了房门走了。

就在陈铭走后不久，龚瀚文就离开了旅馆，按照纸条上的地址，找到了旧家具店和租赁的房子。旧家具店在临街处，房子前的屋檐有一处走廊，摆放了几盆花，很幽静。家具店后面，有一个不大的院子，院子的围墙是用红砖堆砌起来的，墙上爬满了藤状植物，墙角布满青苔。小院的正门，在家具店的东边，有一条小胡同，连着十几个门户，胡同的青石板有些岁月了，被无数脚板打磨得锃光瓦亮。从家具店到小院，也就二百多米。小院正面是一栋两层的小楼，一楼是厨房和杂物间，还有一张不大的餐桌。二楼有一大一小两个卧室，大卧室是双人床，小卧室是一张用木板搭起的小床，看样子是上一个租赁房屋的客人布置的，正适合龚瀚文，他便把自己的物品放在了这张小单人床上。

龚瀚文在房子里转了一圈，然后站在窗口朝外看，周边是居民区，穿过一条弄堂出去，就是临街马路。他对这个地方很满意，觉得有人间烟火气。尤其是家具店跟居住的地方连在一处，工作和生活都很方便。

一切安排停当，他特意把写着"邝惠安"的纸条看了几遍，心里默诵"邝惠安"三个字。

"邝惠安！"他喊道。

"邝老板，你好。"他变了一种声调，很客气地说。

反复演练几遍，他忍不住叹息一声。从今天开始，祁老板祁广辉已经不存在了，他现在是邝老板邝惠安了。

按照陈铭的要求，龚瀚文这些日子尽量不要出门，保护好自己。他一个人待在屋里没事，就试着自己做饭。过去一直没机会下厨房，谈不上什么厨艺，能把东西煮熟了，填饱肚子就好。

搬到租赁房屋的第三天中午，龚瀚文在一楼的厨房手忙脚乱地做饭，弄得满屋子油烟。突然间，他似乎听到有人敲门，立即警觉起来，转身去杂物间取了双枪藏在腰间，然后在门前仔细听。又是几声敲门。他从门缝隙朝外看去，看到一个女人的背影，站在小院中四下打量着。大概是因为敲了几次门，没有动静，正转身准备走开。龚瀚文明白了，大概这个女人就是陈铭给他找的名义伴侣。他犹豫了一下，打开门。

听到门响，女人似乎吓了一跳，转身看到一个扎着围裙的男人，忙低下头，略带羞涩地说："你好，是邝先生吗？陈先生让我来的……"

龚瀚文看着眼前的女人，惊讶地说道："冉墨宣……冉小姐？"

听到有人喊自己的名字，冉墨宣抬起头，仔细一看，才发现面前的男人竟然是刚离开她家不久的祁老板。

"是你？祁老板……不不，邝先生，你好。"她有些语无伦次。

龚瀚文反应很快，说道："快进屋。"

两个人进屋后，站在狭窄的客厅处，都很尴尬，一时不知道说什么做什么，就那么傻傻地站着。后来冉墨宣瞅见满屋子油烟，突然想起什么，朝厨房走去。

"看你做顿饭，满屋子油烟。"她说。

龚瀚文梦游一般站在那里，一直没找到该说的话。

15

其时，冉墨宣还没有入党，她上大学时在一位女老师的推荐下，阅读了《新青年》杂志，接触到了很多新思想，成为觉悟了的新女性、一位爱国青年。她跟老师和同学一起参加过多次抗议游行和张贴标语的活动，表达着自己对国民党政府的不满，希望让中国有一个光明的未来。到报社参加工作后，虽然时间没有过去那么充裕，但只要有机会，她仍旧参加大学女老师组织的活动。她并不知道，大学的那位女老师就是中共地下党员。后来，在那位女老师不经意的安排下，冉墨宣认识了陈铭，几次交流后，她对陈铭非常敬佩，也从陈铭的言谈中，感觉到他可能是中共地下党员。

陈铭一直在观察冉墨宣，想发展她加入地下党。有一次，两个人聊天，议论当天被处决的一位地下党员。冉墨宣说："中国应该多一些这样有骨气的人。"

陈铭故意问："你知道他们为什么不怕死吗？"

冉墨生说："因为他们知道自己是正义的。"

陈铭摇摇头："知道正义，就不怕死了？"

"是，这就叫舍身取义。"

"那么，如果让你舍身取义，你敢吗？"

冉墨宣看着陈铭，表情严肃地说："人生自古谁无死，留取丹心照汗青。"

陈铭笑了，换了一种玩笑的语气说："像冉小姐这么漂亮的人，死了太可惜，留着嫁一个好男人吧。"

冉墨宣突然反问："陈先生，你对中共怎么看？"

陈铭故意侧过身子，不看冉墨宣，说道："那是一群有理想的人，是要铲除旧世界、创造一个没有压迫和剥削的新社会。"

冉墨宣追问："你是这样的人吗？"

陈铭慢慢转过身子，看着冉墨宣，说了一句打太极的话："如果我是，会很自豪。"

"我敬佩这样的人。"冉墨宣说。

有了这次交流，陈铭对冉墨宣心中有数了。前些天，陈铭为给龚瀚文寻找一个名义上的伴侣，费了很多心思，总是不满意。正心急火燎的时候，冉墨宣约他吃饭，他心里一个激灵，觉得可以试探一下她的想法。

两个人约在北京路一个餐馆。见面后，冉墨宣问陈铭，最近怎么一直找不到他。陈铭说因为个人一些私事，有些忙。她又问陈铭知不知道祁老板离开上海了？陈铭说知道。冉墨宣从包里掏出几块银圆，要交给陈铭，说道："他临走时匆匆忙忙给我房租，我也没细数，多了不少，你转交给他吧。"

陈铭把她的手挡回去，说："他肯定还要回上海，以后你亲自给他吧。"

冉墨宣惊讶地说："他还能回来？我觉得……不会吧。"

"他如果不回来，你给我有什么用？我也不能转交他。"

冉墨宣似乎找不到反驳陈铭的话，也就收起了几块大洋。两个人刚聊没几句，她就把话题转到最近国民党抓捕中共领导人、破获上海大批地下党秘密机关、逮捕众多地下党的新闻，问陈铭怎么看这件事。她仔细观察陈铭的表情，却发现陈铭神色没起任何变化，淡淡地说："只是刮了一场风，下了一场雨。"

"报纸上说，中共中央机关被彻底铲除了。"

"那老蒋就该高兴了，国民党可以高枕无忧了。"陈铭笑着，岔开话题，说有件事情求冉墨宣帮忙。

冉墨宣说："陈老板不用客气，只要我有能力，一定尽力。"

陈铭盯着冉墨宣的眼睛说："也算是舍身取义，不知道你愿不愿意？"

冉墨宣看着陈铭，有些紧张地等待他说下去。

"我想让你去陪一位朋友住些日子。"

冉墨宣松了口气，说道："我以为什么大事。怎么，你朋友胆小，不敢一个人居住吗？"

"不是。上海有新规，单身男人不能在上海租赁房子，如果被查到就要入狱。"

冉墨宣似乎明白过来，吃惊地问："是男的？"

陈铭点点头，忙补充说："不是免费的，我们会适当支付你一些工资。"

冉墨宣有些生气地说："男的……让我去陪，给多少钱都不去，你把我看成妓女啦？！"

陈铭忙给她解释了半天，冉墨宣终于听明白了，问道："很重要吗？"

陈铭点点头。

"他是不是中共地下党？"

陈铭犹豫一下，模棱两可地说："他有信仰、有革命思想。"

"一个什么样的人？"

陈铭本想告诉她是龚瀚文，但还是忍住了。他担心说出名字，冉墨宣会有些尴尬，反而拒绝了。

"非常优秀的年轻人。"

冉墨宣沉默了一会儿，为难地说："我不知道该跟我妈怎么说……一个人搬出去住，没有能够让她信服的理由。"

"行吧，你考虑一下，冉小姐，如果确实有困难，也不勉强，我再想别的办法。"

气氛突然僵涩了。陈铭说了几句客气话，就跟冉墨宣告别，就在他要站起来的时候，冉墨宣说："你把地址给我吧。"

陈铭定神看了看冉墨宣，说："你考虑好了吗？我实话告诉你，会有危险。"

她坚定地点点头。陈铭把早就写好的纸条交给她，小声讲了注意事项，说"有人搜查的时候，你就是扮演一个妻子的角色，其他事情都不用你参与，就算万一他出事了，你就说自己什么也不知道，他们也不会太为难你"。

"放心吧，我会做得很好。"她说。

"谢谢你，帮了我大忙。"陈铭微笑了一下。

"那你……陈老板，也要注意自己的……"她不知道该怎么表达。

冉墨宣跟陈铭分开后，回家发呆了大半天。母亲看出她心里有事，就问出什么事了，她犹豫一下，跟母亲说自己交往了一个男朋友，已经半年多了，觉得人不错，现在对方让她搬过去住。"我拿不定主意，不知道该不该过去。"她说着低下头，不敢看母亲的眼睛。

母亲听了，满脸兴奋，责怪冉墨宣不早告诉她，说道："既然觉得不错，那就结婚好了，什么时候带回家让我看看？"

冉墨宣早就知道母亲会这么说，回道："这两年不行，他母亲刚去世。"

母亲急了，说道："这么说，还要等三年？那你多大了？"

"所以他让我搬过去，先在一起住。"

母亲犹豫地看着冉墨宣，一时拿不定主意。冉墨宣担心母亲反对，就说那个人品质不错，自己不想错过他，已经答应他了。母亲说既然人好，先住在一起也行。

"我们家里有地方，可以让他过来住。"母亲说。

冉墨宣摇头，说："他有房子，过来不方便，我先过去住段时间，如果觉得不好，我再回来。你不会把我赶出去，就再不让回来了吧？"

母亲生气地瞪她一眼说："是我赶你走了吗？没良心，你自己想过去，倒说我赶你走了。"

说服了母亲后，冉墨宣就收拾了一下自己的东西，决定第二天就过去。她看过地址了，那地方距离她上班的报社，比从自己家里走还近些。当天晚上，她怎么也睡不着，总觉得跟做梦一样，很不真实。突然间要去跟一个陌生男人住在一起，虽然是假扮夫妻，但毕竟住一个房子里，并且要承担很大的风险，这样的决定，是不是有些草率？

第二天上午，她把自己打扮一番，带上随身用的物品，按照陈铭给的地址找到了龚瀚文的住处。她昨晚躺在床上，把要见的这个人想了无数次，或书生气或者土匪模样，或胖或瘦……无数个形象中，就是没想到会是祁广辉，因此当祁广辉出现在面前的时候，她真是惊呆了。这么说，她过去的判断没错，他是中共地下党，城隍庙外枪杀上海警察局钱艺的事件就是他干的。当怀疑变成事实的时候，她心里还是很震惊，因为从外表看，祁广辉确实像是做生意的老板，完全不像是一个动刀动枪的人。

那天中午，她替祁广辉做好饭，两个人凑在一个桌上吃，彼此几乎都不抬头，吃完饭，她收拾完了碗筷，就上了二楼，躲进自己的房间里。因为两个人曾经熟悉，反而觉得挺尴尬。前不久，祁广辉跟她分别的时候，她甚至有些伤感，心想可能永远见不到他了，没想到这么快见了，而且是以这种方式见面的。

心情平静之后，冉墨宣突然觉得这似乎是个陷阱，自己被祁广辉和陈铭耍弄了。祁广辉说要离开上海，却没走，只是换了个地方。既然是来配合祁广辉工作的，陈铭为什么不直接告诉她对方是祁广辉？一连几天，她几乎不怎么跟祁广辉说话，每天上班下班，晚上回来做饭，然后躲进自己房间，晚上睡觉的时候，还特意将房门插上门栓。

龚瀚文看得出来，冉墨宣在跟他赌气。他明白为什么，想找个机会跟冉墨宣解释一下，但一连几天，她都躲着他。

龚瀚文接手旧家具店后，换了一身打扮，不是很熟悉的人，很难再认出过去那个"祁老板"。这个旧家具店最早就是中共地下党组织建立的秘密联络点，因为保密较好，在这次大搜捕中没有暴露，得以保留下来。陈铭让龚瀚文经营这个秘密联络点，主要是为了特科跟"打狗队"联系方便，同时也希望以这个联络点为轴心，尽快建立更多的联络点。

中共地下组织开办二手家具店，除了作为秘密联络点外，还可以收购社会上的二手家具，然后提供给在外租赁房屋的地下党员使用。一些地下党员离开上海，租赁房屋内使用的家具，又收回来。当然，也有市民从这里购买二手家具，不过生意很淡，远不及开陈皮店那么火爆。

开店就要有小伙计，总要有个人在店里"站桩"。陈皮店用的刘小光，家具店不能再用也了。而且，家具店搬进搬出的，需要一个有力气的人，龚瀚文就把队员张明德安排在自己身边。张明德做过人力车夫，身体很壮，比较适合家具店小伙计的角色。他原来跟董全胜和张善峰住在一起，都是鱼档行的杂工。龚瀚文让刘小光去了董全胜那边当杂工，跟董全胜他们住在一起。

张明德不像刘小光那么爱说话，很憨厚。第一天到家具店上班，像个小学生一样站立着，听龚瀚文介绍家具店情况、注意的事项，以及下一步的任务。听完后，他重重地点点头，不声不响地拿着一块抹布去擦拭旧家具上的灰尘，擦得一尘不染。

　　龚瀚文在一边看着，忍不住笑了，心里说，这个张明德，憨呆了。

　　时近中午，窗外的阳光透过门窗玻璃照射到家具店里来，整间屋子有多一半的地方都浸染着暖意。张明德已经把店内的旧家具都擦拭了一遍，又端水去门口浇花。龚瀚文也从店内走出来，眯着眼睛看门口大花盆里的茶花。天气开始热起来，阳光有些变白，照在皮肤上，有明显的灼热感了。

　　张明德抬头看到龚瀚文，问道："邝老板，您中午想吃什么？"

　　中午没有特殊情况，龚瀚文都是在附近的小店吃一口饭，或是买几种小吃食拿到店里。龚瀚文想了想，也没想出该买什么，就说"你出去随便买一点什么回来吧"。张明德走进店里，从抽屉里取了一些零钱，刚走到门口，迎面遇到冉墨宣走来，手里拎着一个竹制的食盒。他愣了一下，问道："小姐你找谁？"

　　"邝惠安在吗？"冉墨宣说。

　　不等张明德回答，龚瀚文从屋里走出来，朝张明德喊："明德，回来吧。"

　　冉墨宣对张明德笑笑，跟张明德一起走回店里。张明德有些纳闷，目光一直偷偷打量冉墨宣。"邝惠安"这个名字，还很少有人知道，更不用说直呼其名了。

　　龚瀚文给张明德介绍说："我妻子。"

　　张明德惊讶地瞪大眼睛，愣神片刻，忙喊"嫂子"。其实张明德真不知道龚瀚文在上海有没有家眷，就连过去跟随在龚瀚文身边的刘小光，虽然知道龚瀚文住在哪里，但并不知道跟谁住在一起。

张明德伸手把冉墨宣手里的食盒接了过来，放在一张老香椿木的桌子上。龚瀚文忙不迭地打开，食盒里面有蒸米饭、豆干笋丝、炖玉米猪脚汤。龚瀚文不好意思地说："你怎么送来了？"

冉墨宣说："今天不上班，有空闲。"

她见龚瀚文没说话，又温柔地问："我来得不晚吧？你们是不是早饿了？"

"不晚，嫂子来得正好，我刚要出门买饭呢。"张明德说。

龚瀚文瞟了冉墨宣一眼，见她额头上汗涔涔的，有些埋怨地说："要是知道你没上班，我回去吃就好了，送来太麻烦。"

"我今天休班，一个人在家也没事情做，反而闷得慌，想回我妈妈那里看看，正好顺路给你送来。我好几天没回家了，母亲那边一定牵挂着。"

龚瀚文点点头，叮嘱她路上注意安全，说："问我未来的老岳母好。我给你点钱，你代我买些礼品给她。"龚瀚文说着，就去身上掏钱。

听到龚瀚文叫"老岳母"，冉墨宣忍不住笑了笑，连连摆手说："不用了，我有钱。"

因为张明德在一边，龚瀚文不好跟冉墨宣为了钱的事争来争去，也就随她了。

三个人围坐在香椿木桌上吃饭，冉墨宣不断给龚瀚文和张明德的碗里添汤夹菜，龚瀚文不好说"谢谢"的话，只能故作心安理得地埋头吃饭。张明德虽然感动，却不太会说感激的话，一个劲儿地"哎哟、哎哟"地叫。

龚瀚文偷偷观察冉墨宣。她今天来送饭，在张明德面前突然像换了个人似的，完全不像在家里那么冷淡，确实让龚瀚文吃惊不小。她现在的模样，真像一位贤惠的妻子，那么自然地笑着，一脸幸福。他心里赞叹她的"表演"能力，不明真相的人，断然看不出破绽的。

龚瀚文心里踏实了，她有这种演技，真遇到上门巡查的，肯定能应付自如。

龚瀚文偷偷瞟冉墨宣的时候，冉墨宣感觉到了，于是抬起头，大大方方看了他两眼，很自然。龚瀚文倒不自然了，慌忙躲开她的目光。他觉察到冉墨宣的眼神不像以往，突然多了一些又轻又柔的东西，让他心里有了一丝慌乱。

吃罢饭，冉墨宣就要回母亲那边，张明德快步走到门口，给冉墨宣拉开了店门。冉墨宣走到门口，回过头来对龚瀚文说："我在我妈那边吃了晚饭再回家，你的晚饭我准备好了。"

"今晚你就别回了，住那边吧。"龚瀚文很理解地说。

冉墨宣摇摇头。她心想，万一今晚国民党特务进屋里搜查，她不在的话，龚瀚文就会遇到麻烦，她必须每晚都跟龚瀚文在一起，演好自己的角色。

冉墨宣走了好久，龚瀚文脑子里依旧在回味"我在我妈那边吃了晚饭再回家"这句话，冉墨宣说这话的时候，似乎故意把"家"字的音调拉长。她把他们两个人居住的地方称为"家"，而把母亲住的地方称为"我妈那边"。她心很细，连这种小细节都注意到了。

龚瀚文心里很温暖。

晚上，龚瀚文回到住所发现，冉墨宣已经回来了。龚瀚文就问："王阿姨还好吧？"

"你未来的岳父挺好的。"她笑着看了看龚瀚文，又说，"我把你对她的问候捎到了，她听了很开心，还说，你要是同意，她想到这边来陪我住几天，帮着我们做饭。"

冉墨宣把准备好的饭菜，端到餐桌上，说："我吃过了，你赶快吃。"

龚瀚文说："我倒真想让她来，不是让她来做饭，而是有她在，我们更像一家人了。只是，王阿姨来了，我怎么跟她解释？她知道我们是假夫妻，会怎么样？"

冉墨宣说："她就是想知道我的男朋友长什么样子。我不可能让她见到你。"

"你怎么说的？'他嘴里吃着饭，问。

"我说以后吧，等我们决定结婚的时候再说。"

龚瀚文抬头看了一眼，发现她正看着他，忙闪开目光，说道："冉小姐……"

冉墨宣一挑眉毛说："我跟你说了，不要叫我冉小姐。"

"啊，那个……小冉，有件事情我想跟你解释一下。"

"不止一件吧？"

"就一件。我真没想到陈老板会找你来，他说帮我找一位女同志假扮夫妻……如果知道是你，我不会答应的。"

"为什么？你讨厌我？"冉墨宣原来站着，说完这句话，干脆坐到他面前，看着他。他有些不太自在，挪了挪身子。

他说："不是的，是容易让你误会，好像我是个阴谋家。"

"你就是个阴谋家。不是说要去广东发货，离开上海吗？"

"组织出了叛徒，组织担心我住的地方暴露了，让我紧急转移，陈皮店都关门了。为了安全，我不仅换了住处，还换了名字。你也知道，后来我们很多同志被捕牺牲了。"

"能告诉我你的真实名字吗？"

龚瀚文抬头看着冉墨宣，摇摇头。

"你的真实身份也不能告诉我？"

龚瀚文点点头，说："你不是知道了吗？中共地下党员。我的事情，你以后不要问，知道的越少越好。"

冉墨宣觉得委屈，很显然龚瀚文不相信她。她说："好吧，我以后什么都不问了，装哑巴。"

说完，她站起身，上了二楼。

16

冉墨宣来到龚瀚文身边，尽管是名义夫妻，但在生活上给了他细微的照顾，真的让他有了家的感觉。尤其是为了龚瀚文的安全，冉墨宣几乎断了跟朋友的交往，不再参加社会活动。报社的工作，一周也就去两三次，忙完就回家，绝不拐弯。很多人只觉得她变得孤傲起来，独往独来，却都不知道为什么。

冉墨宣的变化，龚瀚文都看在眼里，他的心理负担也就特别大。她是在演戏，却很投入，走进了角色里，似乎要陪伴他一生。而他，却始终在戏外，因为他醒着。他心里难免有一种负疚感。

这段时间，因为中共中央机关和地下联络站遭到严重破坏，地下组织之间的联络线还没有完全恢复，很多工作处于停滞状态。龚瀚文跟"打狗队"的队员们暂时"失业"了，他们的主要任务就是保护好自己，等待上级的命令。他们都很谨慎，走在路上的时候，尽量把帽檐拉低，或者遮住半面脸。被捕的人太多了，有的叛徒公开了身份，有的却隐藏着，如果不多加防范，说不定哪一天走在大街上，就被叛徒认出来了。

日子变得平淡起来，似乎波澜不惊。冉墨宣很享受这些时光，甚至觉得就这样做朋友，相依相伴一辈子也很好。她希望他俩被所有人忘记了，只剩下两个人的世界。她跟他说话很随意了，也经常开玩笑，只是从来不问他的事情。她夜间睡觉，只穿一件筒子睡衣，不再把卧室的门插上门栓，就那么敞开着，甚至天热的时候，在屋里也照样穿筒子睡衣，经常把一条大白腿露在外面。龚瀚文见了，会顺手给她带上门。

她真的把他当成自家人了。

如此温情的日子，一晃就是一年。然而，龚瀚文却始终清醒着，他知道这种平静之后，必定是惊涛骇浪，就像暴雨前的天空，乌云在寂静中一层层堆积，最终随着一声闷雷，卷起狂风暴雨。

初冬的早晨，龚瀚文像往常一样出门的时候，突然被冉墨宣喊住，她拿着一条深灰色毛线围脖，追到了门口。龚瀚文估算，这条毛线围脖，她利用空闲时间织了两个多月，当时并不知道这条围脖是给他织的。

"天有些凉了，出去围上这个。"冉墨宣说着就把围脖递了过来。

"没事儿！我不冷，你留着用吧！"龚瀚文说。

"这深灰色我能围？就是给你的。"冉墨宣说着，又把围脖往他怀里使劲一塞。龚瀚文不能再推辞了，忙接住围脖，试着围到脖子上。这时候，她站在身后帮他整理了一下后面的围脖，他回头看了她一眼，发现她脸上起了红晕。

离开家后，龚瀚文并没有去家具店。昨晚上，他得到中共特科提供的情报，华老板在南京娶了一个小老婆，住在南京的双塘巷内，过得很滋润。今天他要去海鲜鱼档行，找几个队员商量行动计划。这一年里，董全胜除了做海鲜生意，还经常搞两条渔船，召集队员们偷偷去海上进行训练，大家的枪法进步很大，早就盼着有任务了。

上海冬日的早晨凉风扑面，龚瀚文抬手把围脖往上扯了扯，遮盖住了下颏和嘴巴，一股馥郁的馨香立时在鼻孔里弥散开来。这香气来自柔软的围脖。

华老板叛变后，不仅供出了中共很多核心机关、秘密交通线、中央机关领导人和地下党秘密联络员，还亲自到南京监狱指认被捕的中共领导人。有几个领导人本来还没有暴露身份，党组织正全力营救，眼看就要出狱脱险，不想被华老板认出来。他还带人去香港，诱捕一名中央领导人，并带到广州处决。更可气的是，他针对中共地下党的特点，编写了一套"特务工作"丛书，发给国民党特务，成为他们抓捕中共地下党的工作手册。同时，还专门给国民党特务开办培训班，传授如何识别、诱捕中共地下党的技能。

自古以来，似乎再没有哪一个叛徒比华老板更无耻下流了。由于他对中共地下党秘密组织非常熟悉，甚至熟悉一些重要领导人的活动特点，迫使一些秘密组织停止工作，一些中央机关领导人离开上海，致使中共地下党组织的工作非常被动。处决华老板成为"打狗队"义不容辞的职责，也是他们最大的心愿。

海鲜鱼档行位于十六铺的老东门大街上，这里地处法租界边界，整条街上商铺林立，设有海味、水果、地货、药材、参茸等各种批发零售商行。龚瀚文穿行在人群中，觉得这条街鱼龙混杂，是一个藏身的好地方。

董全胜脚蹬雨靴，腰围油布，浑身上下一副湿淋淋的样子，正在店内跟几个队员分拣刚送来的各种鱼类，看上去确实很专业。董全胜看到龚瀚文走进鱼档行，心里"咯噔"了一下，知道肯定有重要事，就啪叽啪叽踩着脚底下的积水迎了过来，笑着对龚瀚文说："邝老板光临，有大生意上门啊！里百请！"

两个人来到院内最里的一间房子，董全胜指着靠墙的一把椅子对龚瀚文说："队长，快坐。是不是来任务了？"

"嗯。情报科摸到了华老板的一些情况。"

"哦？"董全胜兴奋地瞪大了眼睛。

"徐增秀为了拉拢人心，给华老板娶了一位小老婆，现住在南京的双塘巷。这个人很狡猾，我想带你们尽快过去。"

"好！"董全胜抿紧嘴唇，把手里攥紧的拳头举过肩头，用力摇了摇。

"你跟刘小光准备一下，就我们三个人，午饭后出发。"

龚瀚文带领董全胜和刘小光去了南京，在双塘巷一带侦查了半天，发现他们来迟了，华老板已经搬走了，气得骂道："这条狗，真是太狡猾了，迟早有一天，我要把他收拾了！"

他们在南京待了一天，第二天晚上返回上海。龚瀚文到家时十点多了，他担心打搅冉墨宣睡觉，轻轻打开门，发现冉墨宣坐在餐桌前，听到开门声，忙站起来，上下打量龚瀚文，似乎要看他身上哪儿掉了块肉。

龚瀚文愣住了，问道："还没睡？"

冉墨宣点点头说："你说今晚回来，没想到回来这么晚，我正胡思乱想……"

龚瀚文明白了，心里一阵感动："赶紧上楼睡吧。一楼太凉了。"

冉墨宣穿了一件短袖睡衣，胸口很低，他刚看了一眼，赶紧移开目光。

"饿吗？我给你弄点吃的。煮碗面吧。"龚瀚文想制止，她已经去了一楼厨房。说真的，也确实没吃晚饭，饿了。

冉墨宣刚进厨房，龚瀚文听到外面有敲门声，有人喊："开门开门！"

龚瀚文一惊，不等他说话，冉墨宣已经从厨房跑出来，站在一楼朝他双手比画了几下。他们早就把各种可能发生的情况，都想好了应对的方式，为此他们两人还排练过一遍。晚上和白天的应对方式完全不同，必须展示出夜间夫妻生活的场景。龚瀚文看到她的手势，点点头，蹑手蹑脚地快速上楼了。

她拖延了一会儿，才隔着门问道："谁啊？"

她的声音很不耐烦。

外面喊道："搜查的，快开门！"

冉墨宣打开门，三个便衣特务举着枪冲进来。"屋里还有谁？"不等冉墨宣回答，他们已经朝二楼跑去。龚瀚文光背，只穿一条睡裤，似乎刚从被窝出来，站在楼梯口朝下面看。三个便衣上了二楼，将龚瀚文控制在一边，挨个房间搜查。他们走进大卧室，发现龚瀚文的上衣和裤子，胡乱地丢在床边，跟冉墨宣的衣物堆在一起。床上两个枕头，只有一条被子。

特务们弄得屋子里乱七八糟，龚瀚文一脸愤怒地说："深更半夜，你们要干什么？"

三个便衣不理睬龚瀚文，在屋里搜了半天，问了龚瀚文一堆问题，龚瀚文都是用上海话回答，而且滴水不漏。

冉墨宣见便衣并没有搜出什么结果，有些撒泼地说："我们刚睡着，就被你们吵醒了！搜什么搜？你们一点儿规矩都没有啊！"

一个便衣朝冉墨宣怒视。冉墨宣更急了，喊道："你们出去！都出去！"

便衣用枪对准了冉墨宣，她丝毫不害怕，反而迎着枪口说："我明天去政府投诉你们，强盗！流氓！"

冉墨宣完全是一副"没有亏心事，不怕鬼敲门"的横劲儿。前些日子，国民党特务为了搜捕地下党，强行登门入户，确实太霸道了，引起了市民很大不满，许多人到政府投诉警察局滥用公权。三个便衣被冉墨宣这么一吵嚷，有些心虚，不像刚进屋时的那股气势了，相互交流眼神后，悻悻而去。

冉墨宣忙去一楼关门，龚瀚文却快速走到卧室窗口，朝楼下的街道望去，看到离去的三个人消失在远处，这才若有所思地转过身来，去寻找自己的衣服。猛然抬头，看到冉墨宣站在房间门口，双臂交叉地抱在胸前，身子有些发抖。刚才她那股凶巴巴的样子全是装出来的，这会儿现了原形。

龚瀚文忙穿好衣服，走过去安慰她，把一只手搭在她肩上，轻轻拍了两下，说："谢谢你。没事了，别害怕！"

冉墨宣顺势扑在他怀里，两手紧紧揽住他的腰，哭了。因为哭泣，她的肩膀一抖一抖的。他双手轻轻地搂住她的双肩，心里一阵难过。他想，冉墨宣因为他，彻底改变了生活状态。她本不该跟着他担惊受怕。

"好了，早点睡吧。"他松开她，刚要出屋子，却被她喊住了。她问刚才回家的时候，是不是被人盯上了。龚瀚文疑惑地摇头。他们去南京的三个人，是分批回来的，他是最后一个从车站出来的，车站乘客不多，很容易观察周边的情况，他特别注意是否有人跟踪。而且，他有个习惯，每次晚上回家都不会直接奔家门，总是在附近的弄巷兜一圈，确认无人跟踪才回家。

"我也有些奇怪，怎么刚回家，他们就跟上门了？"龚瀚文说。

"他们好像不是例行搜查，是有目标的。"冉墨宣坐到床边，一副忐忑不安的样子。她不希望平静的日子被打破。

其实龚瀚文也是这种感觉，但嘴上却安慰冉墨宣不要多想。回到自己房间，他怎么也睡不着，反复回想这几天的每个细节，觉得并没有什么破绽。

第二天早晨，龚瀚文刚到家具店，张明德就把一张纸条递给他，说是他今天早晨打开店门，发现昨晚有人从门缝塞进一张纸条。龚瀚文心里一紧，忙打开纸条，上面写着："老家表哥过来了，你尽快到我家。"

纸条是陈铭的笔迹，告诉他上边来人了，让他去老地方碰头。龚瀚文叮嘱了张明德几句，就匆忙离开店铺。

陈铭已经在碰头地点等候龚瀚文了，旁边还有一位三十多岁的男人，不用问就是上边来的人。龚瀚文进门后，陈铭和那个人都站起来了，显然等他很久了。陈铭说："急死人，怎么才来？"

龚瀚文看了一眼旁边的男人，对他客气地笑了笑，才说："我刚到店里，得到消息就往这边赶，这还憋着一泡尿呢。"

旁边的男人笑了。

陈铭说："这是组织刚派到中共上海中央局工作的李书记，带来了一个非常重要的情报。"

龚瀚文跟李书记握手后，李书记示意他坐下。"只闻其名，不见其人，今天终于见到我们的王牌特工了。我听说处决钱艺后，国民党驻沪特派员黄秋叶，气得七八天拉不出屎来。"说着，李书记又笑了。

陈铭："先别说好听的，真正的考验在后面。"

李书记点点头，进入正题，说有个坏消息，我党打入国民党上海警察局的地下党曹时言，据可靠情报已叛变投敌，成为密探。更糟糕的是，国民党中央调查科决定在上海组建特工总部上海区，委派马绍武担任区长，过几天就到上海了。这个马绍武，毕业于黄埔军校，是徐增秀很器重的特务，华老板叛变后，在南京为国民党特务开办培训班，马绍武跟着华老板学习了半年多，成为华老板的得意门生，非常熟悉我们地下党活动的规律和特点。马绍武得知曹时言叛变成为国民党密探后，准备到上海跟曹时言合作，专门策反我们地下党组织的秘密联络员。曹时言到底知道多少秘密联络员的信息，暂时还不清楚，但可以确定，一旦他们联手，采取威逼利诱的手段……

"所以你们要尽快行动，在马绍武到上海之前，除掉曹时言。"陈铭迫不及待地插嘴说。

龚瀚文突然想起昨晚特务去家里搜查的事情，跟陈铭一说，陈铭脸色都变了，怀疑是曹时言给特务提供的信息。他提醒龚瀚文，这些叛徒熟悉中共地下党的活动规律，一定要多加防范。他觉得公共租界里相对安全些，建议让队员们在公共租界的宾馆居住，或是在公共租界租赁房子。队员们最好分几个小组，队员之间禁止来往，彼此的住处严格保密，只有组长才知道小组队员的住处。如需传达信息，由"打狗队"的联络员通知各个小组长。另外，队员们平时外出，一律不带武器，所有枪械统一存放在一个地方，有行动时再去取，或者派专人取武器分发给队员。"你要严格管理好队员，千万注意安全。"陈铭叮嘱说。

"立即除掉曹时言，早一分钟，我们就少一些牺牲。"李书记说。

龚瀚文咬着牙说："狗东西！正好我的枪快生锈了，我这一枪，要把上海的天打个窟窿！"

领受任务后，龚瀚文带领队员经过摸底调查，发现曹时言很少出门，或许叛变后，担心中共地下党不会放过他，大多时间躲在闸北的一个特务秘密办事处里。因为时间急迫，来不及设计圈套将他引诱出来，更不能一直等下去。龚瀚文设计了一个简单粗暴的方案，挑选赵子干、张明德和陈学友几个枪法好的队员，跟自己冲进秘密办事处，执行这次任务。

这天下午两点多钟，龚瀚文回到租赁的房子里取枪。冉墨宣见他下午回家，有些惊讶，问回来有什么事情。龚瀚文简单应付几句，就走进自己房间。冉墨宣觉得有些怪，平时他跟自己说话挺有礼貌，总是认真听完她要说的话。可今天，她有半截子话卡在嗓子眼没说出来，他已经上了二楼。

她蹑手蹑脚跟过去。房门关着，她找到一个小缝隙，朝屋内窥视。龚瀚文在房间换了身宽松的衣服，一手拿着一支手枪，冷冷地看了几眼，将两支枪插在腰间，披上了风衣，又把一顶礼帽扣在头上，这才转身朝房间外走。

他打开门，发现冉墨宣傻傻地站在门外，身子僵硬，满眼惶恐。显然，她什么都看到了。龚瀚文没时间跟他解释，只是轻描淡写地说："我出去一下，傍晚回家，等我回来吃晚饭。"

她站在那里没动，呆呆地看着他下楼出门了。

龚瀚文让几名队员反复看了曹时言的几张照片，把叛徒的模样记在脑子里。行动时间定在傍晚，负责掩护的队员埋伏在秘密办事处大门口附近，随时接应里面的人。

特务秘密办事处门口的大门一直关着。傍晚下班的时候，里面有几个人走出来，紧闭的大门终于打开了，龚瀚文和赵子干、陈学友和张明德，趁着打开大门的瞬间冲进秘密办事处。屋内有三四个人，其中一个人看到龚瀚文他们冲进去，拔腿就朝后院跑。张明德喊了一嗓子："曹时言！"

四支枪口同时对准了逃跑的人，"啪啪啪"几声，那人便扑倒在地。旁边几个特务掏枪抵抗，也被队员们乱枪击毙。之后，队员们旋风一般撤出了秘密办事处。程雨亭带领其他队员在大门外接应，结果他们没放一枪，因为里面的几个特务，根本没有追出来。

干净利索地干掉了曹时言，队员们立即分散开，各自"潜水"，龚瀚文晚饭前准时赶回住处。打开门，他发现冉墨宣坐在一楼餐厅旁，根本没有做晚饭，见他进屋，她愣了一下，禁不住扑上去，一把抱住了他。

"你回来了、回来了……"她说着，便有泪水流出来。

龚瀚文故意轻松地说："我就是出去打死一条狗，说好了回来吃晚饭。快快，我饿了，我们一起做饭吧。"他在厨房陪她做饭，她虽忙碌着，但眼睛时不时瞟着他，似乎怕他突然跑了。他心里明白，她是爱上自己了。

吃饭的时候，她特意拿出了花雕酒，一定让龚瀚文喝一点。她陪着他喝，却似乎比他喝的还多。到最后，她有些醉眼朦胧地看着他，终于说出憋在心里的那句话："我想嫁给你！"

他不知道该怎么回答，委婉地说："现在不是时候，你知道的……"

"我不怕，无论发生什么，我都无怨无悔。只要你喜欢我、答应我……"

他摇摇头说："现在不行，以后——或许再过几年……"

她的眼窝涌出泪水，突然站起身走进自己屋里。不用问，她一定在屋里哭泣。

第二天早晨，他起得很早，看到她的屋子关着门，想了想，没吃早饭就出门了。他想去大街上买几份早报，昨天傍晚处决曹时言的事情，报纸上一定会有报道。果然，几乎所有的报纸都刊登了这个新闻，但他看完后，却傻眼了，他们杀错了人。那个朝后院逃跑的特务，从相貌上看确实很像曹时言，但他其实是替死鬼，真正的曹时言还活着，枪响的时候，这龟孙子趴在了地上装死。

龚瀚文拿着报纸去了家具店，张明德也看报纸了，见到龚瀚文后一脸懊悔，把报纸揉成一团摔在地上。龚瀚文也很恼火，煮熟的鸭子飞了，如果这几天除不掉曹时言，他一定会疯狂报复，后果不堪设想。

就在龚瀚文心急火燎的时候，传来了一个重要消息，有一名地下党员被捕后，今天下午在法院受审，原计划邀请曹时言到法院"劝降"，争取让这名被捕的地下党加入到国民党密探队伍中。不过曹时言昨天死里逃生，今天如去法院，必定会有很多便衣特务护送，除掉他的机会不多。龚瀚文想，就算自己牺牲了，也要送曹时言去见阎王爷，让他永远闭上那张嘴。

这一次，龚瀚文把所有队员都埋伏在法院门口附近，静候曹时言。法院门口是一条宽马路，行人密集，便于藏身。下午三点钟，两辆轿车停靠在法院门口，两辆车的车门几乎同时打开。这一次，曹时言算错账了，他第一个下车，想快走几步进入法院，没想到刚下车，不知从什么角落飞奔出十几个人，枪声响成一片。这时候，曹时言的几个特务保镖还没下车，干脆缩在车里不露头了。他们知道，这个时候冲出车，大概率是要送命的，为了曹时言送命，他们掂量了一下，觉得很不划算，眼睁睁看着队员们大摇大摆地消失在人群里。

曹时言被击毙的第二天，马绍武从南京到了上海，得知曹时言被中共特科"打狗队"收拾了，仿佛给了他一个下马威，气得他发誓要铲除中共特科。

17

的确，就像龚瀚文说的那样，这一枪把上海的天空打了一个窟窿，让一时沉闷的上海地下党欢欣鼓舞，士气倍增。中共特科"打狗队"竟然在大白天，将叛徒处决于法院门口，太有讽刺意味了。

马绍武离开南京去上海时，特务头子徐增秀特意找他谈话，将国民党中央调查科获得的龚瀚文的全部资料，都交给了马绍武。他们获得的情报：中共特科行动队队长是广东人，名叫邝惠安，会使双枪，枪法神准。徐增秀叮嘱马绍武，一定要想办法，尽快抓捕到"邝惠安"。

马绍武信心满满。他头上不仅戴着"黄埔军校"的光环，而且从叛徒华老板那里取到了对付中共地下秘密组织的真经。当然更重要的一点，他是徐增秀最信任的人，派他去上海是给调查科撑门面的，因而在人力和财力上都给他大力支持。

国民党成立的特工总部上海区，设在上海市的中华路上，对外称"上海市警察局督察处"，下设行动股、训练股和沪东、沪西、沪中、沪南、浦东五个分区组织。徐增秀选择马绍武到上海担任国民党特工总部上海区区长，算是人尽其才，这小子确实有两下子，不但对中共地下党组织研究得很透，而且社交能力很强，能够调动一切资源对付中共地下党秘密组织。他到上海后，先是不声不响地做了调查，确定走好三步棋。

马绍武的第一步棋，就是联合国民党中央组织部调查科驻沪调查专员黄秋叶和督察处王牌密探林大福，组建了"铁三角"，共同对付中共地下秘密组织。他们三人都是国民党"王牌"特务，各有特点和资源，信息互通，统一行动，三股势力遥相呼应，对中共中央机关形成围剿之势，对上海的中共地下党组织构成很大威胁。

马绍武的第二步棋，就是重用那些被捕的中共地下党叛徒。他从叛徒华老板那里得到启示，那就是"家贼难防"，这些叛徒非常熟悉中共地下党秘密组织的工作套路，也熟悉地下党秘密联络员的联络方式和暗号，比起国民党特务破案更有效率。他给这些叛徒重要位置和优越的待遇，只要能够诱捕中共地下党、破获中共地下秘密组织的，都给予重奖。

马绍武的第三步棋就是花钱打通各种关卡，尤其是公共租界警察局。公共租界是由法国、英国等外国警察管理的区域，是相对安全地带，华老板叛变后，中共中央机关、核心机构、秘密组织以及主要领导人，都转移到公共租界隐蔽下来。马绍武知道"有钱能使鬼推磨"，他给公共租界警察局负责人送钱送物，还陪他们逛妓院、去高档娱乐场所消费，最终从洋人那里获得了进入公共租界的"特别权利"，特务密探随时可以进入公共租界搜查。再后来，公共租界那些洋人警察，甚至公开帮助马绍武抓捕共产党员，从马绍武那里领取优厚的奖金。

这三招，招招致命。在马绍武的策划指挥下，仅仅两个月，国民党特务在法租界的霞飞路破获了共青团中央机关活动处，抓捕了多名重要共产党人和进步人士，尤其是抓捕了中共中央总书记以及共产国际工会的驻华代表，在社会上引起很大反响。

马绍武抓捕到地下党人后，使用酷刑和金钱，逼迫他们叛党，供出中共地下党组织。他惯用的手法，是把人关在铁笼里，沉到水池底，把人快憋死了，再提上来审问，如果不说，再沉下去，一次比一次狠，许多地下党人就这样被活活折磨死，但意志不坚定的就变节了。当然还有黄秋叶和林大福，都是心狠手辣的人，他们三人被反动报纸吹捧为"反共英雄"，一时声名大振。

由于上海的环境越来越恶劣，加上革命形势的需要，中共中央机关被迫从上海迁往江西的中央苏区，只留下中共上海中央局坚持对敌斗争。特科"打狗队"奉命留下，保护在上海坚持工作的地下党员和地下党组织，严惩那些叛变投敌、出卖组织和战友的败类。

中共中央机关迁出上海后，马绍武更加嚣张，扬言要把上海变成中共的坟墓。一些缺少信仰、意志不坚定的共产党人，或宣布脱党，或直接投靠到马绍武麾下。马绍武成为中共地下党人最大的威胁，如果能够干掉马绍武，必定会打击特务的嚣张气焰，更好地保护上海中共地下党员的安全。龚瀚文向中共特科负责人提出请示后，获得批准，并指示情报科全力配合"打狗队"的行动。

按照惯例，龚瀚文带领队员们对马绍武进行跟踪侦查，发现他非常张扬，频繁参加各种政治活动，公开出入饭店、舞场和妓院，最大的特点就是喜欢女人。最初从南京刚到上海的时候，马绍武竟然被上海的繁华惊呆了，感觉是"小老鼠掉进粮囤里"，只要干出成绩，就可以在这里享受美食和美女，还有挣不完的钱财。龚瀚文觉得，只要能事先得知马绍武出来活动的准确情报，干掉马绍武很容易。

很快，龚瀚文得知一个消息，马绍武要去礼查饭店参加老朋友的一场婚礼，这个机会太难得了。不过，礼查饭店在外白渡桥，属于公共租界范围，给伏击增加了很大难度，队员们进入容易，安全撤离很难，因为枪响后，公共租界的巡捕会立即赶过来，封锁几条路口。

龚瀚文决定，在马绍武到达饭店的时候开始行动。这时候饭店门前的秩序比较混乱，人和车混杂在一起，路口堵塞，便于队员们撤离现场。龚瀚文给大家做了分工，他带领赵子干和刘小光埋伏在饭店门口，击毙马绍武，副队长程雨亭带领队员在外接应。考虑到枪响后，公共租界巡捕会立即赶到，负责接应的队员，一部分人在礼查饭店大门口，另一部分在饭店对面马路上，负责阻击公共租界巡捕。

方案敲定，大家分头去准备。

这一天，礼查饭店大门口名流如云，很多上海国民党政府的官员携家眷前来参加婚礼，饭店门口几乎成了时装秀的舞台，名媛佳丽纷至沓来，各种车辆都堵塞在礼查饭店马路边。看热闹的人自然很多，据说新娘是上海公认的十大美女之一。

龚瀚文和队员们都夹杂在看热闹的人群中。有几个政府要员到达后，在饭店门口下车，直接进入饭店，速度之快，使人几乎看不清他们的面孔。大门口有警察和特务把守，进出都严格检查。龚瀚文瞪大眼睛看了半天，也没有发现马绍武露面，正疑惑时，突然从马路两边来了许多警察，封锁饭店门口的道路，对看热闹的人进行搜查，清理现场，一时间弄得鸡飞狗跳的。龚瀚文怀疑走漏了消息，下令趁着混乱撤离现场。好在他们都身手敏捷，万一撤离慢了，被警察拦住搜查，必定暴露身份。

大约十多分钟后，饭店门口的马路空无一人。这时候一辆轿车开过来，停在饭店门口，下来的人正是马绍武。龚瀚文远远看着，气得跺脚，没想到马绍武来了这么一招。

龚瀚文很遗憾，只能等待下一次机会。他开始研究马绍武的活动规律，无意中获得一个重要信息，每月的十六号，马绍武必定去金门大酒店一楼的"华安理发店"理发。

到了十六号这天，因为无法确定马绍武是否能去理发，龚瀚文派张明德打扮成人力车夫，混在一堆人力车夫里，在金门大酒店门口守候着。有了上一次的经验教训，张明德身上没有带枪，即便警察突然包围金门大酒店在门口搜查，张明德也能脱身。大约上午十点多，马绍武果然进了金门大酒店，张明德立即给埋伏在周边的龚瀚文送出暗号，让大家做好准备，等到马绍武出来时，出其不意地冲上去，将其击毙。

等了一个多小时，龚瀚文觉得马绍武应该理完发了，但一直不见马绍武出来，他的轿车仍旧停在一侧。又过了一刻钟，马绍武的一个保镖从里面走出来，坐上马绍武的轿车离去。龚瀚文有些蒙，马绍武呢？他干脆让陈一石假装理发，进去探听虚实。陈一石的头发本来就长，有些艺术范儿，去了理发店一看，马绍武早就走了。陈一石不能马上出来，只能坐下理了一个发，出来时心疼花了不少钱，气愤地骂："他不是人，而是老狐狸！"

龚瀚文并不知道，马绍武早就在金门大酒店门口安插了密探，觉察到周边情况异常，他就从金门大酒店员工出入的后门离开了。

马绍武中等身材，长期在徐增秀手下从事特务工作，经验很丰富。他与共产党打了多年交道，清楚对方人才济济，高手如林，一旦让对手盯上就会相当麻烦。从外表看，马绍武大大咧咧的，似乎满不在乎，其实非常注意自我保护，每次出门，身边总有很多保镖。他出席一些活动，看上去就是一个人，或者带两个保镖，其实已经提前派特务进入现场，在各个角落负责警戒。尤其是对于中共特科"打狗队"，更是严加防范。他到上海之前，就研究过中共特科"打狗队"的特点，知道队长"邝惠安"是最危险的人物。到上海后，他为了对付中共特科行动队，专门开了几次会，命令手下尽快查实队长"邝惠安"的下落，却始终没有收获。

马绍武再一次从眼前溜走了，队员们憋了一肚子气，各自离去。因为已是中午，龚瀚文跟张明德没有直接回家具店，在外面一个小吃点，点了两笼小笼包子，两碗鸡蛋汤，准备吃过饭再回去。两笼包子摆上桌，龚瀚文刚吃了一个，突然有一只脏乎乎的小手伸到他面前，抬头发现是一个五六岁的男孩，他的心里一阵难受，忙拿起两个包子，要递给小男孩。小吃店的服务生发现了讨饭的男孩，快速过来，抓住男孩的一只胳膊，像提溜一只小鸡似的往外走。男孩的两只脚在半空踢蹬着，使劲儿扭着脖子，看着龚瀚文手里的包子。

"放下他！"龚瀚文愤怒地喊了一嗓子。

服务生站住了，龚瀚文上前拽过男孩，把两个包子塞进男孩手里。男孩兴奋地朝一边跑去，嘴里喊道："妈妈，包子！"

顺着声音看去，龚瀚文才发现小吃店的一角，站着一位妇女，怀里还抱着一个孩子。妇女对跑到自己身边的男孩说："你没谢谢叔叔啊？"

龚瀚文听到妇女是广东口音，心里一惊，这声音……妇女站立的位置，光线有些暗，龚瀚文仔细打量了一会儿。天呀，没错，是张秀芳，是他日夜思念的妻子。他忽地站起来，要走向张秀芳，就在这一瞬间，他的身子僵住了，急忙把身子侧向另一边，压低声音对张明德说："把这些包子给那个孩子，赶紧走。"

张明德张大嘴，刚要说什么，龚瀚文已经朝外面快步走去。张明德愣了一下，把两小笼包子送给男孩，去追赶龚瀚文。其实，在龚瀚文打量张秀芳的时候，她也在看龚瀚文，觉得这个人很像自己要找的丈夫，但是不等她做出反应，龚瀚文已经朝店外走去。她的目光落在他后背上，从他走路的姿态上，确定这个人就是龚瀚文。她带着小男孩快步走出小吃店，朝大街两侧张望，却早已没有了龚瀚文的身影。

她张着嘴巴，愣在街头。

"妈妈，吃包子。"小男孩并不知道发生了什么，眼睛只顾看着包子，沉浸在兴奋之中。

张明德追上龚瀚文，疑惑地看了他一眼，见他脸色很难看，一个劲儿闷头走路，什么也没敢问，跟在他身后默默地走。张明德心里猜测，龚瀚文突然脸色难看，一定跟那个小男孩有关系。究竟什么关系，他猜不透。

回到家具店，张明德开了店门，虽然没有顾客上门，但仍旧仔细打扫了店面，然后站到柜台一侧。他一直默默观察着龚瀚文，心里的疑团越来越重。龚瀚文往常进店后，一定是坐在那里品茶，然后浏览当天的报纸，但今天回到店里，就在椅子上坐着发呆，姿势没动过。张明德想了想，走到茶几前，泡了一壶茶，端到龚瀚文面前说："邝老板，你喝口茶吧。"

龚瀚文这才动了动身子，抬头看着张明德。到这时候，张明德就不好一直沉默了，问道："邝老板，刚才你怎么啦？"

龚瀚文声音很轻地说："那个女人……是我们的同志。"

张明德有点吃惊，说道："哦，那应该是地下联络员？"

龚瀚文没有直接回答，像是自言自语地说："真没想到……讨饭，她能走到这一步……"

"那你怎么不帮她？"

龚瀚文终于站起来，在屋里来回走着。"我是想帮她，可你能确定她身边没有特务吗？如果有特务跟踪监视，那我不是自投罗网吗？"他看着张明德发问，其实又像是说给自己听的。

张明德似乎明白了，"哦"了一声，说道："你担心她叛变投敌，特务用她来钓鱼？"

"不，她永远不会叛变投敌。"龚瀚文坚定地说。他停下脚步，看着屋外阴沉沉的天空，"她从监狱放出来了，我是担心特务偷偷跟踪，她却不知道"。

这会儿张明德彻底明白了，使劲儿点点头，问道："那怎么办？她带着两个孩子讨饭，我们不能不管啊？"

龚瀚文刚才坐在那里一动没动，就是在琢磨对策。当他从椅子上站起来的时候，心里已拿定主意。按照他的判断，张秀芳身后一定有特务跟踪，华老板叛变后，将他的真实身份供出来，徐增秀暗中派人去广州监狱审讯过张秀芳，既然如此，张秀芳出狱的时候，他们一定会派特务暗中监视她，尤其是她到了上海，正好让特务们看到希望了。他决定今天傍晚让张明德跟他一起去寻找张秀芳和孩子，他相信她不会走远，应该还在小吃店附近的街巷。如果找到张秀芳，先要观察她周围有没有特务跟踪，想办法甩开特务，然后将她带到安全的地方。即便甩不开特务的监视，也要给她传递信息，让她知道当下的情形。

太阳落下山时，龚瀚文关了店门，带着张明德去寻找张秀芳。

其实在小吃店碰面后，张秀芳也在想，为什么龚瀚文见到她和孩子，突然匆忙离去？显然，他认出她了。如果没有认出来，就不会放下没吃的包子，低头走开。有一点她从来都没怀疑，那就是龚瀚文对她的爱，他不可能故意抛弃她和孩子，这不是龚瀚文的人品。这么多年风风雨雨，虽然离多聚少，但两个人彼此太熟悉了，两颗心一直没有分开。按照她对龚瀚文的了解，这几年他一定非常牵挂她和孩子。

广州起义的时候，张秀芳曾经帮助龚瀚文传递过情报，有一些对敌斗争的经验，她想来想去，也大致想到了原因，龚瀚文不敢跟她说话，一定是怕被什么人看到。在监狱的时候，有人就审问她，打探他的下落。"难道我身边有什么人……"这么想着，她走路的时候就注意观察自己身前身后，还真是发现问题了，有两个人似乎总是跟她碰面。于是，她故意拉着儿子阿雄，快速走过一条小巷，然后藏在拐角里，观察自己身后，果然看到那两个熟悉的身影，慌慌张张追赶上来，四下寻找着。她心里"咚咚"跳，原来这两个人一直在跟踪自己。两个特务追踪到拐角时，她抱着怀里两岁多的女儿蹲在地上，佯装给孩子把尿。两个特务也像路人似的，若无其事地从她身边走过。

张秀芳确定自己被特务跟踪后，就琢磨如何甩掉他们，龚瀚文一定会想办法跟她联系，千万不能让他们危害到龚瀚文。她一手拉着六岁的儿子阿雄，一手抱着两岁多的女儿囡囡，沿着大街绕圈圈，绕了一遍又一遍，反正吃了包子，脚下有力气了，把后面跟踪的两个特务累得够呛。特务纳闷，这女人今天怎么啦？

特务累了，阿雄也累了，问张秀芳："妈妈，我们去哪儿？"

张秀芳说："找你爸爸啊？"

阿雄问："我爸爸在哪儿？"

张秀芳答："在一所大房子里。"

阿雄问："在干什么？"

张秀芳答："卖玩具。"

……

这种对话，母子俩每天都要重复几遍。看到阿雄累了，张秀芳就把他背在后背上，继续走路，从半下午绕到天黑。这时候，龚瀚文和张明德也在附近转了一个多小时，终于在一个路口相遇了。张秀芳最先看到了龚瀚文，他站在一个十字路口，正在选择朝哪个方向走。龚瀚文也感觉到张秀芳在故意兜圈子了，拼命跟在她身后。她很想多看他几眼，但当她发现龚瀚文正朝她看来时，毅然朝向相反方向走去。

18

大约晚上十点多，龚瀚文才返回住处。他站在小院里，发现屋里的灯还亮着，知道冉墨宣在等他，心里突然有一种说不出的滋味，脑子里全是张秀芳和孩子的身影。阿雄的小脸蛋、张秀芳清瘦的面容，还有她怀里那个不知道名字的女儿。他甚至想到在武校的时光，那时候的张秀芳清纯可爱，身姿婀娜。不到十年的时间，岁月把她折磨成一个憔悴的妇人模样。如果当初她不嫁给他，哪怕嫁给一个小财主的儿子，也不至于这般落魄。蹲监狱、讨饭、居无定所、颠沛流离。龚瀚文越想心里越愧疚，连上楼的勇气都没有了。

他久久凝望着窗口的灯光，站了很久，才怀着复杂的心情，掏出钥匙打开家门。刚推开门，发现冉墨宣在门内，他不确定是他推开了门，还是她打开了门。"回来了。"她用手把睡衣从肩膀往上提了提。

龚瀚文的视线快速从她睡衣上腾挪开，低头上楼，边走边说："今晚出去办事情，回来晚了，打扰你睡觉，真是不好意思。"

"我早睡晚睡都一样，白天在家也是睡，你别这么客气。"她把门关好，跟在他身后朝楼上走。

龚瀚文直接进了自己房间，回身要关门，冉墨宣跟了进来。"吃饭了吗？"她看着他的眼睛问。

他点点头。

她看出他的情绪不高，小心翼翼地看着他，说道："累了吗？早点休息吧。"

她转身要走，却被他喊住了。他犹豫了一下，说道："跟你说件事，我想找个保姆。"

"保姆？"冉墨宣惊讶地睁大了眼睛。

"是的。来帮着收拾一下家务，买买菜、做做饭什么的。"

"这个家我收拾得不好？我做的饭菜不合您口味？"她惊异地瞪大眼睛。

他一时窘住，不知如何是好，嘴里连连道："不是的，不是的。"

她看着他，等他解释。他早就想好了台词，说有个战友牺牲了，战友的妻子和孩子流浪街头，无人收留，他想给他们一个安身的地方。她听了，脸色立即变暖，后悔自己刚才说错了话。"他们在哪里？赶快带回家。"她焦急的样子，让他心里一阵感动。她是个善良人，只可惜自己不能陪伴她一生。

他说："我正想办法，把他们从大街上找回来。你赶紧睡去吧。"

她点点头，看了他一眼，走回自己房间。龚瀚文赶紧关上门，只觉得眼窝潮湿，泪水禁不住流出来。这个夜晚，张秀芳和孩子住哪里？在路口的时候，张秀芳一定看到他了，却朝相反的方向走去，她发现后面有人跟踪了吗？她怎么出狱的？又是怎么来到上海的？很多问题在他脑子里来回滚动，折腾了一个晚上，他几乎没有合眼。他心里想，无论如何，明天要想办法引开她身后的特务，把她带回家。

第二天一大早，他便带着张明德去了鱼档行，找到董全胜、刘小光和张善峰商量对策，最后决定由张明德和刘小光把特务引开，龚瀚文、张善峰和董全胜去带走张秀芳和孩子。商定好后，立即赶往小吃店附近，沿着昨天走过的街道寻找张秀芳。

张秀芳昨晚跟孩子们就睡在一家店铺的屋檐下，天微微亮，她就带着孩子去了昨天跟龚瀚文相遇的路口。她有一种感觉，龚瀚文一定还会到这里来找她。她想好了，今天遇到龚瀚文，她要想办法跟他接上头。

张秀芳的判断没错，龚瀚文他们从街道走了一圈，就来到了昨天碰面的路口。

早晨，路口人很多，张秀芳带着孩子坐在路边，向行人乞讨，眼睛暗暗观察着四周。跟踪她的两个人，一前一后地站在路边，不远不近地看着她。偶尔有善良的人，会在他们面前停下来，丢几个铜子。

龚瀚文发现张秀芳后，立即观察她的身前身后，就看到了路边站着的两个特务。远处，还有两个巡街的警察，正慢慢走来。龚瀚文突然有了主意，对刘小光使了个眼色，几个人心领神会，分头走开。

刘小光走到巡警面前，告诉巡警，他看到那边有两个小偷，偷了一个路人的包包，现在还在路边伺机作案。刘小光偷偷指着路边两个特务给巡警看，巡警观察了一下，也觉得两个人鬼鬼祟祟的很可疑，于是就上前盘问，两个特务最初还跟巡警解释，说他们在那里等人，后来巡警要搜身，特务就急了，跟巡警硬起来，巡警也不客气，要将他们两人带走。突然间，一个特务拔出手枪对准巡警脑门，喝道："快滚，老子是督查处行动科的！找死啊，你！"

　　就在巡警跟特务吵嚷时，龚瀚文快速走到张秀芳面前，小声说："别说话，快走！"

　　张秀芳愣了一下，抬头看到龚瀚文，一脸惊喜。龚瀚文从她怀里接过两岁多的女儿，董全胜抱起阿雄，朝小巷飞奔而去。两岁多的女儿不知发生了什么事，在龚瀚文怀里吓哭了，张秀芳忙追在龚瀚文身后，对小女儿说："囡囡，妈妈在，不怕不怕，别哭！"

　　两个特务甩开巡警朝路口看，没看到张秀芳，撒腿追过去，早不见张秀芳的人影了，气得他们转回身要找巡警撒气，巡警知道自己闯祸了，也溜之大吉。

　　龚瀚文把张秀芳带回家具店，一问才知道她已经到上海半个多月了。她出狱前，广州地下党组织帮她从香港找回了长子阿雄，但被保姆带到澳门的大女儿，却一直联系不上。龚瀚文眼里噙着泪水，半天没说话。张秀芳把一只手搭在他腿上，想安慰他一下，却因为旁边还有张明德，只能急忙拿开，用眼睛默默看他。

　　此时，张明德带着阿雄和囡囡在一边玩耍，张秀芳招呼阿雄过来，说"阿雄，快跟妹妹过来……"话还没说完，就被龚瀚文打断了，他知道她喊孩子们过来要做什么。

"秀芳，我还没来得及跟你说……孩子暂时不能认我爸爸。"他说得很艰难，边说边琢磨如何才能不伤害张秀芳，"为了工作需要，组织上派了一个女同志跟我在一起生活……"

张秀芳反应很快，吃惊地问："就是说，你又有家庭了？"

"只是假扮夫妻，为了应对特务上门盘查。你相信我，我时刻在等你，这辈子我谁也不会要，只陪你一个人。"龚瀚文看了一眼张秀芳，发现她眼里含着泪水，很想把她拥在怀里，给她一些温暖。

张秀芳轻轻拭去泪水，看着龚瀚文说："我信你，如果不信你，也不会到上海来找你。"

广州地下党组织把出狱的张秀芳接回了水南乡，给了她一些生活费。她问对方，龚瀚文还活着吗？对方点点头，说活着。她又问是不是在上海，对方摇头，说确实不知道，也希望她不要问，好好在老家带着孩子。"他一定会回来看你的"。

张秀芳在老家只住了一周，这一周几乎天天晚上梦见龚瀚文，她终于下了决心，去上海找他，实在找不到再回水南乡，这样也就死心了。简单地准备一下，她便带着两个孩子去广州乘船，并不知道出狱的前两天，国民党上海市警察局督察处的特务，就在广州等候她了。

龚瀚文听了秀芳的介绍，愧疚地说："秀芳，你受苦了。"

她摇摇头，没说话。

他说："我想让你和孩子跟我一起住，只是不能暴露我们的关系。"

她认真地看着他，说道："听你的，你说怎么好，我就怎么做。"

龚瀚文心里一阵难受，叹息一声，说不下去了。

她却在一边催促："你说啊。"

"本来你来了，我们可以组成真正的一家人，不过……邻居都知道那个人是我妻子，如果再换成你，肯定会引起别人怀疑，所以我想，对外就说、就说你是我们雇佣的保姆，我知道对你不公平，可暂时只能这样，我尽快找陈铭，让他另外租赁房屋，这样就可以跟你再以夫妻的名义在一起了。"

她点点头，说道："没事的，只要能跟你在一起就高兴。"

龚瀚文朝旁边两个孩子瞟了一眼，叮嘱说："千万不能让孩子……让他们喊我叔叔吧。"

她又点点头，请求道："给小女儿起个名字吧，她在监狱出生后，我就叫他囡囡了。"

龚瀚文想了想说："就叫阿新吧，我们要推翻国民党政府，建立一个新中国。"

"你怎么在这儿开家具店了？"张秀芳打量了店内的二手家具，满脸疑惑，试探地说，"你不是带兵打仗吗？怎么来上海做生意啦？不知道能不能问，你到底在做什么？什么身份？"

龚瀚文使劲搓了搓手，轻轻叹息一声，说道："我不能告诉你我在做什么，但可以告诉你，我现在做的是地下工作，什么身份并不重要，我是为穷苦人摆脱剥削和压迫，是为真理和自由而斗争！"

张秀芳不再问了，她招呼两个孩子到身边，说道："阿雄、囡囡，叫叔叔，还记得吗？阿雄，那天就是这个叔叔给你包子吃的，你还没谢谢叔叔呢。"

阿雄很乖地站在龚瀚文面前，说道："谢谢叔叔。"

囡囡鹦鹉学舌，也笑着喊："谢谢叔叔。"

龚瀚文再也控制不住自己的情感，把囡囡抱在怀里，满眼泪水。他说："囡囡，你这个名字不好听，叔叔给你起个名字好不好？"

囡囡看看张秀芳的脸色，张秀芳笑着点点头说："叔叔起的名字可好了，叫阿新。"

"阿新，好不好听？"龚瀚文抱着小儿子，忍不住在他腮帮上亲一口。

一切叮嘱完毕，龚瀚文准备带张秀芳回到后院的住处，发现张明德不在店内，心想这小子怎么一会儿就不见了？等了不长时间，张明德气喘吁吁跑回来，买了几件玩具，还有一些甜点。他虽然嘴笨，脑子却聪明，已经看出些端倪，明白眼前这个女人跟龚瀚文的关系，于是甜甜地喊："嫂子，我给孩子买了些东西，你带上去。"

张秀芳不知道该怎么说，看着龚瀚文。龚瀚文感激地拍了拍张明德的肩膀，让张秀芳收下礼物。两个孩子早就迫不及待地打开玩具，玩耍起来。龚瀚文看着孩子高兴的样子，心里突然很愧疚，他这个当父亲的，从来没给孩子父爱。他索性蹲在地上，陪两个孩子玩了一会儿，这才带着他们离开店铺。

龚瀚文最初担心冉墨宣见到张秀芳，会很不舒服，没想到她很热情地迎接了她和孩子，尤其是她对两个孩子的怜惜，真让他心里惊叹，这女人太善良了，她应该得到一个好男人，得到家庭的幸福。

龚瀚文把一楼的杂物间清理出来，让张秀芳和两个孩子居住。张秀芳本来就勤劳，到家里后一刻也没歇息，开始收拾屋子，下厨房做饭，进入自己保姆的角色。尽管冉墨宣没有像对待保姆那样使唤张秀芳，甚至还去厨房帮她做饭，但龚瀚文看着张秀芳在屋内忙碌的样子，心里仍然不是滋味。他很想靠近她，跟她说说话，他们彼此心里要说的话太多了，可毕竟屋里有冉墨宣，他们甚至连眼神都不敢碰一下。终于熬到晚上，他和张秀芳睡在各自屋里，彼此都睁着眼睛，想念着对方。大约过了凌晨一点多，他轻轻走出屋子，看到隔壁冉墨宣屋里的灯光熄灭了，像做贼一样猫腰走下楼梯。杂物间的门关着，看不到里面的灯光，他试探着推了推门，没怎么用力，门就开了。他随手把门关紧，然后在黑暗中朝床边走去，刚走几步，一双手就揽住了他的脖子，他知道是张秀芳，很显然，她也一直睁着眼睛在等他。

借着微弱的光，龚瀚文看到两个孩子像小死狗一样睡在小床上，他们俩这一天玩得太开心太疲惫了。小床上显然没有龚瀚文的位置了，他就席地而坐，把她抱在怀里。"委屈你了，你受苦了……"他在她耳边轻轻说。她不说话，只是摇头，两手紧紧搂着他，开始轻轻地啜泣起来。

夜很静，月色从窗户透进来，狭窄的小黑屋立即生动起来。

这样温馨的日子只过了几天，龚瀚文就接到秘密联络员的信息，让他去北京路凤祥银楼二楼，说哥哥在那里等他。龚瀚文知道，这个"哥哥"是陈铭，没有重要情况，陈铭是不会约见他的。

北京路凤祥银楼二楼，是一个新的秘密接头点，其实陈铭早就租赁下这个地方，但一直没启用，今天选择这个地方，说明谈话的重要性。龚瀚文赶去时，陈铭刚见面就笑着说："有一个好消息，你猜？"

龚瀚文不假思索地说："张秀芳出狱了。"

陈铭愣了一下，问道："你怎么知道的？广州党组织把她送回了老家。"

"没有，在上海。"龚瀚文笑着说。

"在上海？真的？"陈铭看着龚瀚文的表情，确认他没有说谎，因此有些担心地问，"你见到秀芳了是吧？"

龚瀚文就把如何找到张秀芳的事情讲了一遍，陈铭听完，脸色阴沉，半天不说话。龚瀚文看出他的不高兴，就问道："怎么啦？"

陈铭穿喘口粗气说："你这点警觉性都没有吗？怎么能把她带到你身边？"

龚瀚文似乎被噎住了，梗了梗脖子，突然来气了，说道："怎么？我不该管她，应该把她和孩子都丢在大街上，让他们去流浪去讨饭？"

　　龚瀚文激动地瞪大眼睛，看着陈铭，一副要吵架的样子。陈铭极力用平静的口气跟他解释："张秀芳和孩子都是广东口音，特务也掌握了他们的相貌特征，万一哪一天被查到了，你说是保姆，他们就信了？"

　　龚瀚文意识到自己冲动了，缓和了语气，问陈铭："那你说怎么办？你给他们找个住处吧。"

　　陈铭点点头，说道："我来想办法吧。今天我找你，是为了商量马绍武的事情。"

　　龚瀚文立即紧张起来，认真地看着陈铭，问道："有消息吗？"

　　"情报科获得了一个很重要的线索，李福清最近通过于茅村，要请马绍武吃饭，如果真能成了，这倒是个机会。"李福清曾是中共地下党员，主动投靠国民党政府成了特务，不过他叛变后对我们并没有造成太大伤害。李福清跟报社的那个总编于茅村是同乡，关系密切，于茅村因为不遗余力地吹捧马绍武，深得马绍武喜欢，李福清就想通过于茅村认识一下马绍武，希望得到马绍武的关照。

　　"我觉得李福清是个摇摆人，看有没有什么办法，让他配合我们的行动？"陈铭说。

　　龚瀚文明白了，说道："放心吧，我们一定拿下李福清！"

19

　　龚瀚文根据情报科提供的地址，带着赵子干和陈学友，深夜去了公共租界霞飞路的一栋居民区，闯进了李福清家里。李福清不是本地人，当了国民党特务后，跟一个上海女人结婚，也就结婚几个月，还属于蜜月期。

龚瀚文把他从床上提溜下来时，他还裸着身子，浑身抖得跟筛糠似的。

龚瀚文说道："李福清，没想到我们会找到你家吧？结婚前你住在八里桥，对吧？搬到这里才四个月，我没说错吧？你也了解我们特科'打狗队'，想干掉你太简单了。"

李福清哆嗦着说："别别，误会了，我不是叛徒，我当国民党特务是假的，是想从他们那边搞些情报给你们。"

龚瀚文用鼻子哼了一声，说道："好呀，我就相信你一次，不过你要跟我耍心眼，藏到哪里都能找到你。"

"是是，我没说谎。"

"听说你最近约请马绍武吃饭，对吧？"龚瀚文问。

李福清一愣，没想到巴结马绍武这种事，龚瀚文都知道，眨巴一下眼睛说："有这个事，我是想、想从马区长、马绍武那里打探情报，不过还没有约到他，我不约了、不请他了。"

龚瀚文说："怎么不约啊？约他，而且尽快。约到他后，你立即把吃饭的地点告诉我们，明白吗？"

李福清反应过来，惶恐地看着龚瀚文，吞吞吐吐地问："你们……要、要干什么？要除掉他？"

"怎么？你害怕了？"龚瀚文一瞪眼，声音带着一股杀气说，"他不死，你就要死，二者选一！"

李福清额头冒汗，呼吸加快了，发现龚瀚文在怒视他，忙点头。他大概没想到，"打狗队"竟然要把国民党特科部上海区区长干掉，确实很疯狂。龚瀚文看出他的顾虑，告诉他不用担心，绝对保证他的安全。

离开李福清家时，龚瀚文把十块大洋丢在他桌子上。

李福清很卖力，两天后就给龚瀚文送信，他和于茅村约了马绍武明天去潇湘饭店吃午饭。为了促成这件事，李福清刚结婚不久的上海女人发挥了作用，她跟着李福清去见于茅村，给于茅村上了手段，抛媚眼不说，还偷偷用肩膀蹭了于茅村几下，说李福清刚去督察处，很受排挤，如果能认识马绍武就没人敢欺负他了。"马区长那么大的人物，也只有于大哥能请出他来。"女人说了很多恭维的话，弄得于茅村很舒服，爽快地答应了。

马绍武是个很喜欢表现自己的人，尤其想让赏识他的徐增秀看看自己在上海的功绩，正好需要于茅村这样的吹鼓手。于茅村的吹捧文章写得很好，在圈子里比较有影响，所以马绍武有点想法就喜欢跟于茅村卖弄，于茅村也有耐心，有时候能听他聊一个晚上。还有一个原因，就是于茅村会玩，知道上海哪里有好玩的地方，哪个妓院又有新人了。恰好马绍武有这个爱好，于茅村就成了他的知己。当然，于茅村跟马绍武穿一条裤子，也能给自己脸上贴金，马绍武在上海是能够左右他人生死的，于茅村跟马绍武称兄道弟，身边人自然对于茅村高看一眼。说白了，两个人各取所需，皆大欢喜。

龚瀚文得到消息后，立即对潇湘饭店周边进行侦查，然后给特科负责人汇报行动计划。特科对这次行动非常重视，让陈铭找龚瀚文谈话，听取他们的行动方案，确保万无一失。龚瀚文把自己详细的行动计划告诉陈铭后，陈铭觉得基本可行，不过他纠正了其中一点，就是放过于茅村："于茅村这个人，充其量就是一个流氓文人、吹鼓手，他确实丑化我们共产党，赞美那些杀害我们地下党人的叛徒和特务，非常可恨，但并没有直接参与杀害我们的人。"

龚瀚文有些为难地张了张嘴，最终还是什么都没说，点点头。其实队员们恨死了于茅村了，他总是对于杀害共产人的新闻津津乐道，文章中竟然建议特务们将共产党人的家属全部杀光，连根铲除，还对于那些叛徒大加赞美，称赞他们"迷途知返，勇气可嘉"，这样的人渣，本来正好可以趁这个机会把他收拾了。

龚瀚文跟陈铭分手后，就让陈一石通知队员们开会，对这次行动任务作了具体分工。还是老套路，龚瀚文带领第一小组冲进饭店击毙马绍武，副队长程雨亭带领一个小组，在潇湘饭店外埋伏，负责掩护撤退。交代完任务后，龚瀚文特别强调说："这次任务，只是惩处马绍武，对于于茅村网开一面，不要伤害他。"

刘小光当即急了，说留着于茅村这个败类有什么用，他就知道辱骂共产党人，这是千载难逢的好机会，就应该捎带着把他干掉。"每次看他在报纸上写的文章，我都恨不能去一刀一刀割他的肉！"

"刘小光！"龚瀚文瞪了刘小光一眼，"这是命令，不要再乱说了！"

刘小光不以为然地翻了翻白眼，对身边的董全胜和张善峰说："子弹又没长眼，对不对兄弟们？"

龚瀚文急了，憋着嗓子训斥道："刘小光！你有没有组织纪律性？你要是不想去，就留在这里！"

众人看到龚瀚文发脾气了，都不敢吭气了。龚瀚文平息了一下情绪，说："我也恨于茅村，但我们不能乱杀人，我们惩处的是那些罪大恶极、十恶不赦之人，如果谁恨我们，我们就杀谁，跟那些杀人狂有什么区别？"

刘小光红着脸说："对不起队长，我错了……坚决服从命令！"

潇湘饭店位于法租界外滩，是一个比较开阔的地带，人流相对密集，便于队员们埋伏。考虑到马绍武诡计多端，很可能提前在饭店外安插便衣特务，因此队员们提前两个多小时就赶到现场埋伏好，静候马绍武出现。然而，他们等了足足四个小时，早过了吃饭时间，仍旧不见人影。龚瀚文觉得事情有变，急忙命令队员们撤离现场。后来才知道，马绍武快到中午时接到南京来电，徐增秀召他回南京述职，他已经乘车回南京了，临走时告乐于茅村，他只在南京待一天，第二天正好是周六，晚上回来聚，在哪儿聚再定。中午前，李福清因为跟于茅村在一起，没机会通知龚瀚文。

龚瀚文让队员们回到住处待命，这两天任何人不许出门，以免节外生枝。张明德干脆二十四小时留守家具店，等候李福清那边的消息。

平时，龚瀚文很少在家里待一天，周六这天却没出门，冉墨宣就觉得奇怪，问他今天怎么不去家具店了，他说身体不很舒服，要休息一天。但冉墨宣发现他陪两个孩子在地板上玩耍的时候，精神头好着呢，全不像有病的样子，心里更疑惑了。两个人待久了，彼此的气息就很熟悉，冉墨宣从龚瀚文的神色中，看出他今天有事情。他一会儿看表，一会儿站到窗口朝外张望，眉宇间锁着不易觉察的焦虑。

傍晚时分，张秀芳在厨房做晚饭，冉墨宣在客厅收拾餐桌。外面有人敲门，冉墨宣打开门发现是张明德，很吃惊。尽管家具店距离他们住处只有二百米，但没有大事情，张明德不会跑家里来。

龚瀚文听到动静，跑出屋去，两个人在门外只说了一两句话，龚瀚文快速回到楼内，冉墨宣就站在一楼餐桌前，紧张地看着他。他故作轻松，对她说："晚饭不在家吃了，有几个朋友要聚会。"

他跑上二楼，再下来时，已经换了一件短款小风衣，上海六月的天气，即便是晚上，也不需要穿这种衣服，冉墨宣大致猜出他要去做什么，看着他说："小心点儿，我等你回来！"

说着，冉墨宣跟龚瀚文拥抱了一下，她触碰到了他腰间的双枪。这时候，张秀芳就站在一边看着，她不能拥抱他，只能用目光抚摸他的脸颊。他给了她一个温暖的眼神，转身而去。

龚瀚文走后，张秀芳把饭菜端到餐桌上，请冉墨宣吃饭，冉墨宣坐在屋里发呆，张秀芳叫了几声，她才反应过来，对张秀芳说："你和孩子先吃吧，我不想吃了。"

张秀芳并不知道龚瀚文去做什么，以为冉墨宣的状态，是因为爱上了龚瀚文，一刻也不愿分离的样子。她心里有些不太舒服。

根据李福清送出来的信息，晚上大约八点半，他和于茅村几个人陪马绍武去小花园妓院，玩妓女、喝酒、打麻将。打麻将是马绍武捞钱的方式之一，他的赌资是别人给的，而且从来都是赢的时候多。谁敢让他输啊，真输急了，他能暗地做掉你。

龚瀚文看了一下时间，他们现在赶过去还来得及，立即前往附近埋伏好，等待马绍武下车时就动手。因为是去妓院，马绍武几个人都戴礼帽，帽檐拉得很低，尽量不让人认出来，加上是晚上，龚瀚文在他们下车的一瞬间，很难分辨哪一个是马绍武。为了不伤害李福清和于茅村，龚瀚文专门跟李福清约定了暗号，等到马绍武几个人下车，让李福清在马绍武肩膀上拍两下，队员们就明白了。

这次马绍武到南京向徐增秀述职，徐增秀对他的工作非常满意，毕竟他到任后，干了几件大事，抓捕了几名中共高层领导人，考虑到中共特科可能对他采取行动，徐增秀想把他调回南京任职，希望他就此留下，不要回上海了。马绍武听了很感动，当即表忠心，要继续在上海镇守，彻底铲除上海的中共地下党组织。当然了，还有一个重要原因，就是他不想离开繁华的上海，要继续在那里享受花天酒地的生活，享受自己做大王的快感。

述职结束后，马绍武心情不错，从南京返回上海时，就给于茅村打了电话，约好晚上放松一下，于茅村得知后，立即通知李福清，让他提着钱袋子去服务。于茅村特意提醒李福清说："别怕花几个小钱，你认识了马区长，那以后可就财源滚滚了。"

李福清陪着于茅村提前去了火车站，等候马绍武。大约七点多钟，马绍武下了火车，坐上于茅村的轿车，直接去了小花园妓院。这一次因为刚从南京回来，又是去妓院，他没有安排便衣特务提前去现场警戒。

小花园妓院在浙江路东方饭店的后街，于茅村把车停在东方饭店门口，陪着马绍武穿过一条小胡同去小花园妓院。龚瀚文已经观察过周边的环境，做了两手准备，第一行动地点，就设在东方饭店后街入口处，如果这里没有下手的机会，就埋伏在妓院门口，等到他们玩够了出门时再动手。

马绍武从于茅村的车内出来，李福清上前拍了拍他的肩膀，像是拍打头屑或是灰尘似的，马绍武很享受，以为李福清在拍他的马屁。这时候，埋伏在附近的龚瀚文和赵子干、刘小光几名队员，饿虎扑食一般冲上去，几支枪口同时对准马绍武开火，然后像风一般消失在夜幕中。听到枪声后，附近的红毛洋人巡捕赶过来，于茅村和李福清哆哆嗦嗦从地上爬起，发现马绍武倒在血泊中。

当晚十点左右，龚瀚文回到住处，冉墨宣偷偷观察他的表情，没看出任何信息。她知道龚瀚文一定没吃饭，亲自去厨房给他准备了饭菜。龚瀚文嘴硬，推辞说："朋友聚会，刚吃过不久。"

冉墨宣说："外面的饭，不如家里好吃，再吃一口吧。"

龚瀚文也就顺坡滚驴，坐下吃起来。冉墨宣陪在他身边，含情脉脉地看着他，偶尔会有一个小飞虫，在他头顶飞来飞去，她就忙轰赶开。

一楼餐厅正对着杂物间的房门，张秀芳在屋内偷偷朝外看，怎么看都觉得冉墨宣跟龚瀚文的关系不一般，心里憋屈得慌。

半夜，龚瀚文又去了张秀芳的屋子，张秀芳忍不住问道："你跟这女的假扮夫妻，我怎么看着她是真喜欢你，不会以假成真吧？"

龚瀚文摇摇头说："人家一个小姑娘，怎么会喜欢我呢？她家里条件很好，上海女孩子眼光又高，她怎么会喜欢我呢！"

龚瀚文说着，脸有些发热，好在是黑影里，张秀芳看不到他脸色的变化。

"瀚文，你说这话，是在骗我，也是在骗你自己！"张秀芳拉起龚瀚文的手，放在自己胸口上。

龚瀚文能感觉到她的手在抖动，忙解释说："秀芳，别人对我怎样，我不知道。但我的心里只有你和孩子们，这几年，你跟孩子们因为我遭的难、受的罪，我心里都清楚，我龚瀚文如果做了对不起你和孩子的事情，我还是人吗？"龚瀚文突然伤心起来，声音有些哽咽，又说，"我有时候想，我这个人，是不是太自私了，我当初就不该跟你结婚，把你害了，也害了孩子……"

"瀚文，你不用说了，我知道你对我的感情从来没变过，只是、只是现在这个样子，我作为一个女人看着心里不好受！"

龚瀚文非常理解张秀芳的感受，心里想，是应该尽快给她和孩子单独找一处住房了。

龚瀚文从张秀芳屋子回去的时候，已经是凌晨三点多了，他发现冉墨宣的屋子还亮着灯。他放轻脚步，轻轻地进门。其实冉墨宣到天亮也没睡觉，屋里一直亮着灯。

第二天早晨，冉墨宣跑到大街上买《申报》，她猜想如果有事情，各大报刊都会报道出来。果然，大街上的报童扯着嗓子吆喝："特大新闻——国民党特工总部上海区区长马绍武被中共特工击毙——"

她的第一反应，这件事就是龚瀚文干的。当她拿到报纸后，只看个题目，两手就抖动起来。新闻上说，马绍武是被中共特科行动队队长邝惠安带领队员击毙的，她这才知道，原来身边这个"祁老板"或者"邝老板"，就是名震上海的中共特科行动队队长。她的心突突跳，一时不敢回家，在大街上来回走了很久，等到心情平复一些，这才慢慢走回家，故意把报纸放在明显的地方。龚瀚文拿起报纸瞅了几眼，似乎并不感兴趣，丢在一边，明白她什么都知道了，只是对她笑了一下，然后像什么事情都没有发生。

然而，从这一天开始，只要龚瀚文晚上出门，她就很紧张，整夜失眠。就算是白天，听到外面敲门，她的心也"突突跳"。有一天中午，一位熟悉的邻居敲门，给她送还借用的毛衣针，问到她脸色怎么这么难看，她谎称自己身体不太舒服。

冉墨宣的神经一直绷着，终于有一天夜里绷不住了，于是起身去龚瀚文屋子，想跟他好好谈谈。告诉龚瀚文无论他做什么事情，她都不会问，只希望尽可能待在他身边，给他一些帮助。她还想说，自己这一辈子都不会离开他，无论发生什么，她都会勇敢地去面对。

她想了很多要跟他说的话，忐忑不安地去了他屋子，却发现他不在屋内。她有些心慌，第一判断是又出门了，但她一直没睡觉，没听到大门响动啊。就在她胡思乱想时，听到楼下杂物间的门响了一下，紧接着楼梯响起轻微的脚步声，她看着黑影中，龚瀚文从一楼走上来。她呆呆地站在他的房门前，不知道如何是好。

龚瀚文也呆愣在那里。

这样沉默了十几秒，冉墨宣突然转身，快速走回自己房间。龚瀚文一个激灵，也忙跟上去，在她关门的瞬间，走进屋内。他心里想，必须把真相告诉她了。于是就在她床边坐下，把他跟张秀芳的经历讲给她听了。开始，她轻轻哭泣，但听到最后，非常同情和敬佩张秀芳。她说："你当初为什么骗我，说你没成家？"

　　龚瀚文说："为了工作需要，我不是针对你，而是对所有人都说我没有成家。"

　　"她吃了这么多苦，带着孩子到上海找你，你怎么可以让她当保姆？你应该告诉我，我不会反对你们在一起的。既然有她在你身边，我也没必要在这里了，明天我就离开。"

　　"冉小姐，你别冲动，周围人都知道我们是夫妻，突然换人了，很容易引起怀疑的。再说了，即便没有你，我也不能公开承认她是我妻子，现在特务还在寻找她，我要尽快把她送到一个安全的地方。"

　　"要把她和孩子送走？"冉墨宣吃惊地问，看到龚瀚文点了点头，她有些生气地说："这样对她太不公平了，她会生气的！"

　　龚瀚文说："我会跟她解释，这样对她和孩子都好。确实，我对不起她，但现在没有别的选择。"

　　虽然冉墨宣知道龚瀚文已婚，心里很难受，嘴上说要离开他，其实也只是赌气说说。

　　龚瀚文整整一个晚上没睡觉，第二天上午去家具店，两眼红肿，而且情绪不高。张明德看到后，问他是不是身体不舒服，龚瀚文叹了口气，知道张明德已经看出他跟张秀芳的关系，也不隐瞒，就把自己当下的难处说出来。张明德想了想，说道："让嫂子带着两个孩子出去单独住，太危险了，倒不如让他们回老家更好。"

龚瀚文摇摇头说："她不肯走，就要留在上海陪我，哪怕不住在一起，也觉得好。"

张明德理解地点点头。他突然有一个好主意，建议让张秀芳带着孩子跟他一起住，他住在北成路载德里88号2楼，还算安全，正好那是一个套间。"你要是放心，就交给我，肯定会照顾好嫂子和孩子，只要我活着，他们就安全。"

龚瀚文觉得这倒是一个办法，先让张秀芳和孩子过去住，以后有了更好的办法再说。张明德看到龚瀚文一直没点头，就又说："嫂子姓张，我也姓张，就说她是我堂姐。"

龚瀚文看了一眼张明德。这个老实人一直眼巴巴看着龚瀚文，等候龚瀚文点头。龚瀚文说："这样当然好，只是给你添麻烦了。"

张明德没说话，只是对龚瀚文笑笑。从他的笑容中，龚瀚文感受到一股温暖和力量。

20

马绍武被中共特科行动队击毙，引起国民党中央高层的震惊，责令徐增秀立即调查破案，抓获那个"邝惠安"。其实马绍武被击毙，最伤心的就是徐增秀，毕竟马绍武是他一手栽培起来的"标杆"。再说了，共产党特工干掉了国民党特工总部上海区区长，简直就等于扇了他的耳光，他给上海区下达死命令，限期一个月破案。

这个时候，他又想到了叛徒华老板。

华老板投靠国民党政府后，过得并不开心，不仅没捞到高官厚禄，还被很多人看不起。徐增秀派人帮他出版特务工作手册，以及让他开办特务培训班，都是在利用他对中共秘密组织的熟悉，培养自己的力量，但从内心来说，徐增秀很鄙视华老板，作为一个中共高层人物，竟然如此没有操守，不可重用。为了防范华老板，徐增秀专门在华老板身边安插了两个心腹，名义上是伺候华老板，实际任务就是监控。当然了，华老板作为老江湖，自然感觉到徐增秀对他的监控，心里很不满。

徐增秀很诚恳地向华老板请教对策，华老板想了想，决定自己亲自出马到上海，跟他曾经的手下"邝惠安"过招。华老板这么做，一是要给老蒋和徐增秀展示一下自己的能量，二是要利用去上海的机会，跟在上海的国民党"中华复兴社"特务处戴处长接触一下，据说戴处长很欣赏他，但因为他属于徐增秀管辖，一直没办法把他搞过去。

徐增秀派了两个特务跟随华老板到上海，说是保护华老板的安全，其实还是负责监视他。华老板这次回上海，报纸上都发了消息。按照他的推断，中共特科行动队得到消息后，一定会想办法除掉他，这样就达到了引蛇出洞的效果。然后，他采用"螳螂捕蝉黄雀在后"的战术，抓捕"邝惠安"和他的队员们。

华老板到上海后，先找到于茅村，了解当晚案发的过程。一提马绍武的案子，于茅村脸色变得煞白，说话也结结巴巴，他依然没有从那天的惊吓中彻底走出来。根据于茅村的描述，华老板初步断定，马绍武去小花园妓院的消息早就泄露出去了，而且泄露消息的人，很可能就是李福清。

上海是华老板出生的地方，是他的老家，有很多亲朋好友，还有很多旧部。从回到上海的第一天开始，上海政商两界名流纷纷前来拜访，争着给华老板设宴接风。曾经跟着华老板干过的一些叛徒，也都去跟华老板叙旧，回想一起做地下党员的那些岁月，都很感慨，觉得那时候虽然很累，但似乎很快乐。说到兴起，华老板借着酒劲儿，说国民党太烂了，比共产党差太多了，既然这样，倒不如成立一个新党。祸从口出，华老板的话很快就传到徐增秀那里，徐增秀当时就想：既然你不为我所用了，那谁也别想用你。华老板毕竟是打打杀杀出来的，玩政治肯定玩不过徐增秀。

有句话说得好，都是老江湖，谁也别糊弄谁。龚瀚文心里明白，华老板这样高调回上海，意图太明显了，说明他已经做了各种防范预案，他从事地下工作多年，具有非同寻常的反侦察能力，很多方面要比自己高明多了，想干掉他，不是一件容易的事。

对于华老板的举动，中共特科也在分析研究，觉得虽然可以强硬地干掉华老板，但要付出惨重代价。上海地下党组织正是薄弱时期，保存实力很重要。根据情报机构掌握的信息，华老板已经跟徐增秀有矛盾，想投奔国民党"中华复兴社"，既然除掉他代价太大，可以增加徐增秀跟他的矛盾，借刀杀人。

特科负责人委派陈铭找龚瀚文通报情况，把情报机构提供的信息转达给龚瀚文，要求"打狗队"尽量寻找机会除掉华老板，同时要想办法制造华老板跟徐增秀的矛盾。龚瀚文心领神会。谈完华老板的事情，陈铭问张秀芳怎么样了，龚瀚文告诉他，张秀芳和孩子暂时跟队员住在一起。陈铭问原因，龚瀚文就说了，陈铭也叹息一声，很理解龚瀚文的处境。陈铭说："你问我几次，为什么不成家，这就是最主要的原因，我知道自己不能让一个女人得到幸福。"

"是啊，我现在都觉得对不起冉小姐了，能不能让她回去？"龚瀚文说。

陈铭想了想说："现在还真找不到比她更合适的人，我找时间跟她谈一次，我担心现在即便让她回去，她也不会答应的。"

龚瀚文一愣。

"你比我更清楚，当然这不是你的问题。"陈铭说，"我找她谈谈，希望她能明白，那只是她的一份工作。"

龚瀚文点点头说："如果有合适的人选，还是尽快让她离开吧。"

陈铭没接龚瀚文的话，转移话题，说过了这几天请秀芳和孩子吃个饭。龚瀚文摇摇头。特务们一直在寻找张秀芳，她最好别出门。"两个孩子叫我叔叔，都不知道爸爸在哪儿，是做什么的。"

陈铭叹了一口气说："瀚文，我们之所以提着脑袋闹革命，就是为了将来让我们的孩子、我们孩子的孩子，能有幸福安宁的生活。"

龚瀚文不说话，低着头，好半天才抬起来，对陈铭说："陈兄，有件事我想求你。"

"抓紧给秀芳找房子是吧？"

"不是，我想……"龚瀚文看着陈铭，说话有些艰难，"我是想，有一天我出事了，请你帮我照顾好秀芳和孩子，我欠他们的太多了。"

龚瀚文说完，已是满眼泪水。

陈铭明白了，使劲儿点点头："我们是亲兄弟，你放心吧。不仅是我，我们所有的同志还有组织，都会帮助他们。"

龚瀚文在跟陈铭碰面后，根据华老板处事的特点，设计了一个方案。他派刘小光冒充国民党"中华复兴社"特务处戴处长的手下，去给华老板送一封密信。刘小光经过一道又一道盘查和搜身，终于被带到了华老板面前，将密信递上去。华老板看了一遍，又看了一遍，然后盯着刘小光的脸，足足看了半分钟。他大致猜到，眼前这个人是龚瀚文派来的，心里暗暗佩服龚瀚文的胆量。

"戴老板最近身体可好？"华老板突然对刘小光发问。

"托您的福，我们老板身体挺好的。"刘小光赶紧躬身作答。

"戴老板来上海后，是不是经常跟赵老板在一起玩牌？他跟赵老板可是老牌友了。"华老板紧跟着问。

"我们老板交友甚广，在上海朋友很多，不知您说的是哪个赵老板？"刘小光回道。刘小光说话时，华老板盯着刘小光的脸，并没有发现一丝慌乱的神色。

"跑码头的赵俊翔。"华老板随便编了一个假名字。

"哦？"刘小光略微迟疑了一下，回答，"我一直跟在戴老板身边，好像没听说过这个名字啊？"

华老板心里说：行啊小子，是吃这碗饭的料。他瞅着刘小光笑了，说道："嗯、嗯，你回去告诉戴老板，就按他约定的时间，我后天中午到吴淞去拜见他。"

华老板站起身做出送客的样子。刘小光对华老板又是深深一揖，退了出去。

刘小光走后，华老板独自坐了很久，明知这是个圈套，但他决定将计就计，提前安排特务埋伏在吴淞，然后对外声称他要回吴淞老家祭祖。

国民党上海警备区司令和上海警察局长，听说华老板要去吴淞，大为诧异，以现在华老板的身份，若是出了什么意外，他们跟老蒋和徐增秀都无法交代。两个人商量一番，决定一起劝说华老板取消这个行程，但是当他们风风火火赶到华老板住处时，华老板已经带着身边的保镖出发了。

华老板断定"吴淞约会"是中共特科的圈套，因此让国民党上海警察局督察处派了众多特务，控制了几个重要地点。然而他还是失算了，不但戴老板没有出现，中共特科行动队也没出现，只有吴淞本地的一位远房亲戚在等候他，神神秘秘地交给他一封信，他拆开一看，见信纸上的落款竟是戴老板，信中说自己临时突然有事，不能前往吴淞，以后再约时间和地点。华老板知道这是假的，当即将密信撕碎，丢弃在垃圾堆里。跟随在他身边的秘书，趁他不注意，捡回了信末的落款"戴笠"两个字。

华老板在吴淞祭祖后，返回上海，频繁地接见曾经在中共、后投降国民党的那些旧部，想从他们那里打探龚瀚文的下落。这时候，他接到了徐增秀一封紧急电报，以安全为由让他立即返回南京。

华老板在上海这些日子，每天的活动内容徐增秀全都知道，有三点让徐增秀忍无可忍：一是辱骂国民党，私底下要成立新党；二是频繁跟旧部约见，令人生疑；第三是要甩开徐增秀，投靠戴老板。最要命的是，华老板怎么也没想到，戴老板的那封信，内容是假的，但签名却是真的，那是中共地下党通过戴老板身边的人，搞到的戴老板的签名真迹。

为此事，龚瀚文动了不少脑筋，他断定徐增秀不可能拿着密信去找戴老板对质，只要签名是真迹，这就是死局，就能做死华老板。事实上，也就是这个梗，一直在徐增秀心里化解不开，最终让他放弃了华老板。

本来华老板计划在上海多住些日子，他在上海过得比在南京开心多了。另外，他也是雄心勃勃地要缉拿龚瀚文，这么灰溜溜地回南京，实在憋屈，但又不能不回去。徐增秀是个笑面虎，表面看上去挺温和，却心狠手辣，不能惹恼了他。华老板不敢耽搁，悻悻地回到了南京。因为心中有情绪，索性佯装有病，躲在家里与一堆女眷打牌消遣时光，不再参与任何政治社交活动。对此，徐增秀心知肚明，对华老板更是厌弃，基本上把他打入"冷宫"，不待见了。

马绍武的案子就成了悬案。后来徐增秀怀疑是自己人出卖了马绍武，但因为没有证据，只能暂时搁置起来。

华老板从上海返回南京后，徐增秀任命国民党中央驻沪调查专员黄秋叶，顶替死去的马绍武，担任了国民党特工总部上海区区长。这个人熟悉上海情况，人很狡诈，做事比较狠，尤其是特别渴望建功立业。他上任后，发誓要除掉"邝惠安"，彻底铲除中共特科行动队。为此，他专门成立了特别行动队，任命"王牌密探"林大福为特别行动队队长，目标就是"邝惠安"和他的队员们。黄秋叶告诉林大福，要人给人要钱给钱，必须抓获"邝惠安"。

"打狗队"除掉马绍武后，本来应该进入"休眠期"，但"九一八事变"爆发以来，日军已经加快了对中国的侵略步伐，而国民党当局奉行不抵抗政策，已经拱手让出了东北。国内有识之士发出强烈呼吁，希望国共联合抗日，停止内战。中共中央的工作重点，也转移在发动进步人士、团结一切力量共同抗日上。黄秋叶走马上任后，残酷镇压进步人士的游行示威活动，上百名进步人士被关押于狱中，有的惨遭秘密杀害。这个时候"打狗队"必须站出来全力保护上海的民主进步人士，将一些身处危险境地的重要人物解救出来，转移到安全地带。

上海国立交通大学有一位孙教授，由于组织学生到政府门前抗议示威，以及发表抨击国民党政府"抗日无能，剿共有方"的文章，遭到国民党政府忌恨。中共特科得到可靠消息——黄秋叶当天晚上要对孙教授动手，便通知龚瀚文立即想办法解救孙教授。龚瀚文接到秘密情报的时候，已经过了中午，时间非常紧迫。更麻烦的是，黄秋叶已经在孙教授住处周边安排了特务，监视孙教授的举动，很难跟孙教授取得联系。

龚瀚文跟几个队员碰头商量对策，谁都想不出好办法。就在这时候，龚瀚文无意中看到陈一石随身带着的画板，突然有了主意。上次在怡春楼妓院，陈一石扮演的新郎很成功，这一次让他再打扮成一个大学生，更适合他的气质。龚瀚文详细讲了自己的计划，队员们都觉得可以尝试一下。

　　陈一石换了一身学生装束，手拿画板，去了国立交通大学。这时候，太阳已经落到楼顶上面了，很多学生从校园走出来。有两个特务站在大门口外，警觉地观察走出来的学生。陈一石逆着人流走进院内，直奔校园后的宿舍区。孙教授家在后排，车辆无法开进去，要穿过一道月形拱门，才能走到他家门口。月形拱门处，就有一个特务把守着，他拦住陈一石盘问，陈一石自称是孙教授的学生，因为会画画，孙教授的太太约他下午到家里，给她画一张肖像。特务瞅了瞅陈一石的画板，一脸狐疑，问他是哪个学科的，叫什么名字。陈一石跟特务对话的空闲，快速在画板上涂画了几笔，特务伸头仔细看，发现竟然是自己的肖像，很惊奇，便相信陈一石确实是个学生。

　　特务正要放陈一石进去，一个女学生从孙教授家里走出来，特务就招呼女孩，问孙教授的太太下午约人画画了没有。女学生愣了一下，发现陈一石暗中给她使眼色，她脑瓜挺灵的，说道："约了啊，半天不来，这不让我出来看看。你怎么才来啊？"

　　陈一石抱歉地说："下午有课，来晚了。"

　　特务朝陈一石挥挥手，陈一石便跟着女学生进了孙教授家里，将特务今晚要绑架孙教授的消息告诉他们夫妻。女学生急了，当即要带孙教授离开学校。女学生叫江月，是孙教授的得意门生。

　　陈一石摇摇头，对女学生说："现在肯定走不掉了，刚才你见到的那个人，就是监视孙教授的特务。"

　　孙教授妻子紧张地问："那怎么办啊？你帮帮我们。"

　　孙教授倒是很镇定，说道："他们吓不倒我，就算把我抓了，只要放我出来，我还要去政府抗议，我不能看着国土沦丧，都不发声！"

"孙教授可能不知道吧？他们抓走你，你恐怕就回不来了。"陈一石说。

孙教授这才意识到问题的严重性，愣在那里不知如何是好。陈一石快速写了一张纸条，交给了江月，让她送到学校门口对面的修鞋摊。"谢谢你啦，送到后，你不要回来了，剩下的事情交给我。"

江月有些担心，不知道陈一石如何将孙教授带出去、带去哪里，因此把自己的联系方式告诉了他，希望孙教授安全转移后，他能告诉她一声。陈一石点头答应了。

江月把纸条送到了国立交通大学门口对面的临时修鞋摊，刘小光等候在那里，得知陈一石已经见到孙教授了，立即通知龚瀚文，执行下一步计划。

陈一石拿着画板，带着孙教授和他夫人走出屋子，到宿舍楼后面的花园画画，特务见后，立即跟随在后面。宿舍楼的花园，有凉亭也有长椅，陈一石让孙教授的太太坐在凉亭内，他在画板上快速勾勒几笔，又坐在长椅上，摆了个姿势。然后，他们走到绿树掩映的小路上，在路边摆个姿势站好，陈一石架着画板涂抹着。特务在身后跟烦了，考虑到这条小路没有出口，他们还要返回来，索性站在那里，远远地看着他们的身影。黄昏降临了，他们的身影变得模糊起来，特务觉得奇怪，这么暗的光线，还能画吗？于是装着散步的样子，走过去看个究竟。特务走到前面一看，傻眼了，孙教授夫妻和画画的学生不见了，只有他们的衣服挂在路边的树上。特务想不明白，这几个人难道会遁地术？特务在周边到处寻找，最后终于醒悟，小路尽头是学校围墙，墙内因为是假山，围墙很矮，围墙外是马路，虽然很高，但外面有人接应。

围墙外接应的人是龚瀚文、刘小光和张善峰，轿车就停在路边，他们把孙教授接上车，转移到隐秘的地方。此时，程雨亭带着其他队员在附近埋伏着，万一有巡警发现，就开枪掩护龚瀚文他们撤离。

龚瀚文很高兴，整个行动非常顺利，没有一丝波折。由于黄秋叶立功心切，不断扩充国民党上海警察局督察处的特务人数，到处设立暗哨，搜集"打狗队"的信息，对"打狗队"队员构成很大威胁。因此，成功解救孙教授后，龚瀚文叮嘱队员回到各自住处继续"休眠"。然而他不知道，就是这次行动埋下了祸根，让他们付出了惨重的代价。

祸根就在陈一石这里。陈一石尽管加入了"打狗队"，但他其实还是个文人，骨子里有浪漫的东西。那天在孙教授家里跟江月认识，当时对江月的印象就不错。成功搭救孙教授后，第二天他真的按照江月给的联系方式，到大学宿舍找她，告诉她孙教授已经转移到安全的地方。说完事情后，他并没有马上离开，而是跟江月聊了半天，江月心里对他也有好感，两个人当即去了一个酒吧，消遣了大半天。陈一石长得不错，有气质有才气，很容易就让江月喜欢上了。从酒吧出来，陈一石又把江月送回校园，在校园草坪上散步的时候，江月就牵住了他的手。他彻底被江月的温柔击垮了，两个人分手的时候，就难舍难离，情不自禁接吻了。

之后的一个多月，陈一石隔三岔五就去学校找江月，两个人热恋起来。当初负责监视孙教授的那个特务，因为放跑了孙教授，差点被黄秋叶枪毙了，后来还是林大福说情，黄秋叶才放了他一马。林大福自然有他的打算，他听了特务的介绍，觉得那个女学生是个突破口，既然她是学校的，找到她或许就找到了孙教授，继而找到中共特科行动队的线索。于是他安排那个特务每天守在学校大门口，观察出入的学生，希望能发现女学生。这样守候了半个月，这个特务就有了意外的收获，不仅发现了江月，还发现了去孙教授家画画的陈一石。

林大福和黄秋十得知发现了陈一石，惊喜万分，又加派了特务，继续跟踪陈一石，希望通过陈一石，发现更多的中共特科行动队的队员。

沉浸在甜蜜之中的陈一石，哪里能想到灾难即将发生。

21

陈一石是"打狗队"的联络员，队员们的住处他都知道，好在这段时间，龚瀚文要求六家"休眠"，并没有事情需要他去队员住处联络，因此特务跟踪了几天，并没有发现有价值的线索。

最早发现陈一石跟江月恋爱的队员是刘小光，那天傍晚他从酒吧门口走过，发现有一对男女从酒吧走出来，站在路口朝人力车招手。他觉得男人的背影很象陈一石，心里愣了一下，忙闪到一边。一辆人力车在他们身边停下来，女人扑进男人的怀里，亲吻了男人，然后上了人力车。男人转身朝后走，刘小光看得真切，确实是陈一石。刘小光惊呆了。

刘小光是比较有头脑的人，他想来想去，觉得这个事情不妙，"打狗队"有严格的纪律，陈一石这样做，可能害了大家。他决定将此事告诉龚瀚文，请他拿主意。

龚瀚文听了很生气，立即找陈一石谈话，他没说是刘小光说的，只是问陈一石说："你最近跟一个女孩谈恋爱，有这回事吧？"

陈一石愣了一下，坦然说道："是，我正想跟组织汇报这件事。"

"女孩是哪儿的？做什么？"

陈一石犹豫了一下，说了实话。龚瀚文听说女学生跟解救孙教授的事件有牵扯，心里一沉，恨不得抽他一个嘴巴。他忍着怒火批评道："你谈朋友，是你的自由，可你懂不懂规矩啊？你要坏大事的！你真是混蛋！"

陈一石被龚瀚文骂蒙了，他从来没看到龚瀚文这么暴躁，一时瞪大眼睛，无语。龚瀚文厉声说道："我警告你，立即跟她断交，如果再发现有联系，请你离开行动队。"

赶巧这天，陈铭约见了龚瀚文。据可靠消息，国民党设在上海的江苏第二法院，要公开审判一位被捕的中共领导人，中共特科希望"打狗队"伏击法院囚车，这也是最后的营救机会了。陈铭发现龚瀚文很不开心，问原因，得知陈一石的事情，大惊失色，批评龚瀚文对队员管理不严，太大意了！"这件事处理不好，不仅是你处境危险，闹不好危及整个行动队！"龚瀚文听后，连连点头承认错误。

陈铭最后用命令的口气说："立即限制陈一石的行动自由，同时调查那个女学生江月，看她背后是否有什么阴谋。"

龚瀚文跟陈铭分手后，直接去了鱼档行找刘小光、董全胜和张善峰几个人，传达了陈铭对于"打狗队"管理不严的训令，宣布免去陈一石"打狗队"联络员的职务，由赵子干代行其职，并让刘小光去南市小东门中央旅社，跟陈一石住到一处，对陈一石严加看管，绝不允许他离开住处，等待组织调查处理。龚瀚文严肃地告诫大家说："黄秋叶和林大福像猎狗一样到处寻找我们的踪迹，大家一定要警觉起来，绝不可麻痹大意。"

刘小光按照龚瀚文的指派，立即赶到陈一石住处，将龚瀚文以及陈铭的决定传达给陈一石，希望他严格执行上面的决定。陈一石虽然不高兴，但也只能服从命令，说道："不就是软禁我吗？行，我哪儿也不去，你给我当勤务员吧。"

陈一石嘴上说哪儿也不去，但心里还是放不下江月，在屋里憋了四五天，就憋不住了，心想自己突然消失了，江月会怎么想？会不会替他担心，到处找他？想来想去，觉得应该去跟江月打个招呼，告诉他这段时间暂不见面。这天傍晚，陈一石趁着刘小光出门办事的时候，留下一张纸条走了。

陈一石消失了四五天，江月确实很焦急，以为他出什么事情了。当然更焦急的是跟踪他的两个国民党特务，他们以为陈一石有所觉察，潜伏起来了。因此当陈一石突然出现在国立交通大学门口时，两个特务果断行动，抓捕了陈一石，同时也将女学生江月一起带回了督察处。

黄秋叶非常重视这件事，让林大福亲自审讯陈一石，尽快把他拿下，晚一分钟就可能让中共特科行动队逃之夭夭。林大福看到陈一石像书生似的，就觉得应该可以拿下陈一石。他把陈一石带进一个摆满各种刑具的屋子，几名特务先把陈一石拉拽到一把带护栏的铁椅子前，让他坐进去后，锁紧了手脚。

"小子，咱们不兜弯子，不绕圈子，这里是什么地方想必你也清楚。有句老话儿讲得好，识时务者为俊杰。既然到了这里，你就得认栽，认命。"林大福站在陈一石身边，来回抚弄着他的肩膀，似乎在给他按摩。

陈一石把头拧向一侧，看都不看林大福一眼。

林大福故意站到陈一石眼前，说道："你可能不认识我，自我介绍一下，我叫林大福，现在是督察处特别行动队队长，是督察处第一神探，人称'神雷'，你落在我手里，也就是早开口晚开口的事，晚开口就要多吃些苦，最后还是要开口，你自己掂量一下。"

林大福说着，从旁边一个人手里接过档案夹，看着陈一石读出他的简历："陈一石，男，22岁，江西兴国县人，南京国立中央大学肄业，上学期间加入共产党，1930年初从学校直接加入中共特科……怎么样？够清楚了吧？"

陈一石哼了一声，脸上没有任何表情。

林大福突然在陈一石脸上扇了个耳光："说吧，邝惠安住哪里？"

"呸！"陈一石把一口唾沫直接吐到了林大福脸上。

"呦呵！有种！有种！"林大福抬手擦去脸上的唾沫星子，冲旁边立着的几个特务一挥手，"吊起来，把他骨头打酥了！"

陈一石被吊到一个带滑轮的木架子上，两名特务挥舞起沾水的皮鞭，没头没脑地抽打起他来，一直把他打昏了，他始终没吭一声。然后，林大福又命令特务将陈一石关在铁笼里，沉入水池，看陈一石能憋多久，陈一石索性在水里张开嘴，想尽快淹死自己。

林大福有些意外，真没想到白白净净的陈一石，这么经折腾。他心里有些焦急了，太狠了怕把他弄死了，轻了又怕他一直扛下去。现在一分一秒都很宝贵，如果中共特科行动队发现陈一石失踪了，必然会紧急转移，那他费了半天心思，就等于抓了一个废物。

就在这时候，黄秋叶赶到了，一看这种局面，当即对身边的特务说："把那个女的带过来！"

穿一身灰色长褂的江月被带了进来，看到血肉模糊的陈一石，她当即就哭了。江月的哭声，让陈一石从心里很难受，他吃力地安慰她说："对不起，我连累你了。没事，别怕……我死了，你也不要哭。"

"你可是连累她了，一个白白的女学生……"黄秋叶说着，一把撕开江月的上衣，江月惊叫着、挣扎着。他对身边的特务说："给她扒光了，白嫩白嫩的，赏给你们，轮流干她！"

几个特务连扯带拽，三五下就扒掉了江月的外衣，江月惊恐而无助地哭喊，撕心裂肺。一瞬间，陈一石的精神防线彻底崩溃了，痛苦地呐喊："放开她、放开她——"

黄秋叶示意特务们住手，笑眯眯地看着陈一石，问道："有话要说？"

陈一石用最后一丝气息说道："你们放她出去，我知道什么我都说……"

从审讯到结束，只用了一个多小时，陈一石就把队员居住的地方和"打狗队"开会的秘密联络点，都招供出来。根据陈一石的供述，中共特科行动队的队员大多住在公共租界，黄秋叶立即与公共租界工部局联系，请求洋人警察配合，然后调集督察处所有人马，分头去公共租界搜捕"打狗队"的队员。

刘小光出门办事返回住处，看到陈一石留下的纸条，当即额头冒汗，预感到事情不妙。陈一石在纸条上写着："小光，很抱歉，我去告诉一下女朋友，很快就回来。"

刘小光来不及细想，转身朝外走，要将这个情况报告给龚瀚文，但是刚跑到楼下，正好跟前来搜捕的特务撞在一起，被当场抓获。刘小光看到给特务带路的陈一石，愤怒地吼道："陈一石，你这个叛徒，组织绝不会放过你！"

陈一石不敢与刘小光对视，恐惧地转过身子。

随后，陈一石带领特务去了汉口路曲江里90号中新旅舍，屋里只有张善峰一个人，他听到楼下有动静，感觉不对劲儿，急忙把门口的暗号标记挪动了。然而特务已经破解了这个秘密，抓捕了张善峰后，随即又将暗号复原，结果后面回来的董全胜和陈学友，也相继被抓。特务们在他们住处搜出了枪支弹药和红色杂志。

陈一石带着特务去北成路载德里88号2楼时，张秀芳正好出门倒垃圾，返回的时候，她感觉身后有人跟踪，知道情况不妙，突然快步走到楼前墙角，抓住一根绳子使劲儿拽拉。这根绳子是他们专门设置的报警装置，绳子从他们居住的二楼阳台垂下来的，另一端连着阳台上的一个铁架，只要拽拉绳子，二楼阳台的铁架就会垮塌，发出很大的响声。

她拽拉绳子的同时，两个特务扑上来搂住她，另外几个特务快速朝二楼跑去，撞开门后发现，张明德就坐在客厅里，一手抱着一个孩子。他没有任何反抗，任由特务捆绑起来。其实张秀芳发出信号时，张明德已经听到了，他完全有时间取枪，冲出特务的包围圈。但最终，他还是选择了束手就擒。这时候，张秀芳也从外面被带进房间，看到张明德被抓，气急地问张明德："我给你信号了，你咋不跑？"

张明德看了看身边的特务说："姐，我怕伤了孩子。"

特务从屋内搜出了四支手枪、上千发子弹和手榴弹，还有三支笔型的瓦斯手枪，以及众多革命刊物。张明德当场承认自己是特科行动队员，自己的姐姐带孩子到上海来住一些日子，这些事情跟姐姐无关。说着，暗地里给张秀芳使了个眼色。特务们不听张明德解释，把张秀芳和两个孩子一起带走了。

另一路去龙门路40号搜捕的特务，没有抓到一个队员，那里只是队员们开会的地方，特务们从屋里搜出各种武器弹药。万幸的是，陈一石并不知道龚瀚文和副队长程雨亭的住处。

程雨亭跟队员赵子干住在公共租界商贸行的旅馆内，当晚，程雨亭安排赵子干去汉口路曲江里90号中新旅舍通知董全胜他们几个人，明天到龙门路40号开会，龚瀚文准备让陈一石做检讨，强调一下队中的纪律，同时安排下一步的任务。赵子干到达中新旅社路口时，发现那里围着很多人，当即警惕地闪躲到一边，就在这时，特务们带着抓捕的董全胜、张善峰和陈学友走过来，带头的竟然是陈一石。赵子干一看这阵势就明白了，他并不知道龚瀚文的住处，只好跑回去向程雨亭报告。

程雨亭听后，两腿一软蹲在地上，嘴里说："完了，'打狗队'完了！"

稍微冷静一些后，程雨亭立即想到了龚瀚文的安危。龚瀚文的住处，只有程雨亭和张明德知道，现在张明德被捕，龚瀚文那里也就不安全了。而他和赵子干的住处，只有刘小光知道，但刘小光也被捕了，他们这儿也不安全了。

"走，赶快离开这里。"程雨亭带上赵子干，坐上人力车赶到龚瀚文居住的地方。

程雨亭并没有跟赵子干直接去找龚瀚文，而是写了一张纸条，打发人力车夫送到家里，纸条上写着："二舅突然病故，速下楼。"

人力车夫走后，程雨亭跟赵子干离开人力车，站在附近隐蔽着。片刻，龚瀚文跟着人力车夫快步走来，站在人力车旁四下打量着。程雨亭确认龚瀚文身后没有"尾巴"，这才从隐蔽处走出来，把事情向龚瀚文汇报了。尽管两处居住地址没有暴露，但龚瀚文还是决定让程雨亭和赵子干连夜转移到新闸路的鸿祥旅馆，他跟冉墨宣转移到北京路的老凤祥银楼二楼，这两个地方是陈铭刚启用不久的秘密联络点。

一切收拾停当，龚瀚文坐在老凤祥银楼二楼的一个房间内，呆呆地出神。"打狗队"出了这么大的事情，他作为队长，有不可推卸的责任，换句话说，是因为他的疏忽，才让这么多战友被捕了。还有妻子张秀芳和两个孩子，这一次恐怕处境更艰难了。慢慢地，他两个眼窝蓄满了泪水，等到这些泪水滚落的时候，他开始哽咽起来。

冉墨宣知道他的疼，也理解他此时的心情。她一句话不说，默默坐在他身边，陪他一直坐到天明。

因为抓捕行动发生在公共租界，刘小光他们被捕后，黄秋叶让公共租界工部局的红毛警察连夜审讯，这些红毛警察跟国民党特务穿一条裤子，急于拿到好处费，当晚就审讯了抓捕的人，很快确认除了张秀芳外，其他人全是中共特科行动队的，他们给五名队员定了"杀人罪""危害民国罪"，给张秀芳定了"违反武器取缔法罪"，一同送往国民党政府设在上海的江苏高等法院第二分院。

刘小光几个人是在 1933 年 11 月 6 日被捕的，一个月后的 12 月 13 日，江苏高等法院第二分院分别以"杀人罪"和"危害民国罪"判处刘小光、张明德、张善峰、陈学友和董全胜死刑。五位队员都承认自己是中共特科行动队的，也承认参加了惩处马绍武等事件的行动，但对于其他事情，敲碎了牙也不说。张明德承认跟"邝惠安"一起开办家具店，但就是不说龚瀚文住哪儿。至于张秀芳，那就是自己的堂姐，根本不是"邝惠安"的妻子。曾经跟龚瀚文一起开陈皮店的刘小光，也是条硬汉，被折磨得死了几回，醒来还是那句话，"什么都不知道"。

叛徒陈一石知道自己最终逃不过惩处，即便活着，自己也猪狗不如了，于是向黄秋叶提出请求，希望将他一同枪毙。黄秋叶发了"善心"，满足了陈一石的要求，在处决刘小光等五位好汉时，顺带着像对狗一样处理了陈一石。

对于张秀芳，法院以"违法武器取缔法罪"，判处张秀芳三年徒刑。尽管张明德死不承认张秀芳是"邝惠安"的妻子，但黄秋叶和林大福心知肚明。张秀芳入狱后，为了诱捕"邝惠安"，林大福让特务们将张秀芳的儿子阿雄和女儿阿新丢弃在街头，轮流监视两个孩子的行踪，看什么人出来领走孩子，然后顺藤摸瓜抓捕。七岁的阿雄背着三岁的阿新，在街头乞讨，路人见状无不为之唏嘘。偶尔有善良的人，给两个孩子一些零食，随后就会遭到特务的盘查和搜身。

龚瀚文得知两个孩子流落街头，心如刀割，却又无能为力。那天，他跟队员赵子干偷偷在大街上看过两个孩子，三五天的光景，两个孩子像从泥土里扒出来似的，还不懂事的女孩阿新哭喊着要找妈妈，似乎一夜间长大的阿雄，重复着妈妈曾经给他说的话，说道："别哭别闹，我带你去找爸爸，爸爸在一间大房子里，爸爸是卖玩具的，有很多很多玩具……"

龚瀚文实在忍受不住这份伤痛，只看几眼就离开了。赵子干和队员朱永明几个人，准备趁夜黑抢回两个孩子，被龚瀚文制止了，眼下主力队员只剩了四人，绝不能再有牺牲。

陈铭最理解龚瀚文的疼，他通过中共地下组织，找到上海几位有名望的民主人士，联系了上海慈善会，请他们出面帮助两个孩子。上海慈善会光明正大地将两个孩子收容，送到了孤儿院。林大福无奈，只能暗地给孤儿院施压，如果有人要认领两个孩子，必须向他们报告，否则将以"通共"论处。

中共特科行动队遭受重创，中共中央非常重视，指示特科要尽快重组中共特科行动队，让其成为上海地下组织克敌制胜的一柄利剑。受特科负责人委托，陈铭亲自到了北京路凤祥银楼跟龚瀚文谈话。陈铭去之前就做好了思想准备，知道这次谈话非常艰难。

龚瀚文看到陈铭来了，没有寒暄，也没有表情，只是看了他一眼，沉默。好在冉墨宣在场，忙给陈铭倒茶，让陈铭有话可说了。他问了冉墨宣的生活情况，夸赞她的工作很出色。扯来扯去，全是家长里短的车轮子话，一边的龚瀚文听烦了，扭头对陈铭说："有什么命令就赶快说，如果就是来拉家常的，你可以走了。"

这话说得太重了，陈铭愣了一下，不说话了，掏出一支烟点上，狠狠地吸了两口。屋里的气氛很凝重。冉墨宣看了一眼龚瀚文，轻轻说："我在这里是多余的，我走开好了。只是，你要好好跟陈老板说话，我想陈老板跟我们一样，心里肯定也很难受……"

其实陈铭见到龚瀚文的时候，一直想表达自己的伤痛，想对张秀芳和两个孩子的遭遇，说一声"对不起"，可他一直不知道该怎么说。听了冉墨宣的话，他的泪水一下子涌出来。

"瀚文，我们是出生入死的兄弟，秀芳和孩子遭难，我心里真的很痛……"陈铭说不下去了。

龚瀚文一把抓过陈铭手里的烟，吸了两口，呛得咳嗽起来。这是他平生第一次吸烟。"何止秀芳和孩子，我那些出生入死的兄弟……你说吧，什么指示？"他看了陈铭一眼。

冉墨宣给陈铭点点头，知趣地走开。

陈铭又掏出一支烟点上，吸了几口后，才说："特科命令你尽快重组行动队。现在当务之急是打掉中统特务的嚣张气焰，中央领导说了，行动队的人员可以从红军队伍里抽调。"

龚瀚文狠狠地把烟掐灭，说道："我要干掉黄秋叶和林大福！"

陈铭点点头说："特科也是这个意思，想到一起了。"

陈铭告诉龚瀚文，九一八事变爆发两年多以来，日军加快对中国的侵略步伐，而国民党当局却奉行不抵抗政策，拱手让出了东北，在中国社会各阶层引起剧烈反响，联合抗日、停止内战的呼声越来越高。在此大环境下，中共中央已经转移了工作重点，着手发动进步人士，传递联合抗日的声音。黄秋叶担任国民党中共特科总部上海区区长后，却逆潮流而动，疯狂搜捕和屠杀共产党员，破坏中共地下党组织，制造恐怖氛围。面对如此残酷的现实，中共上海中央局命令特科绝地反击，坚决打击黄秋叶和林大福的嚣张气焰。

"惩处黄秋叶，就是杀鸡给猴看，让他们明白，作恶多端，必遭天谴！"陈铭说着，也狠狠地掐灭了香烟。

龚瀚文双手攥在一起，使劲儿拧巴着，骨节发出"咔吱咔吱"的响声。

陈铭见龚瀚文的心情稍微平复了一些，这才告诉他，两个孩子已经送到孤儿院收养，张秀芳那边，也通过地下党组织，在上海监狱找了熟人，对张秀芳特别关照。龚瀚文听了，抬起头看着陈铭，泪水又盈满眼窝，说道："谢谢陈兄，感谢组织。"

陈铭从兜里掏出一张纸条，上面是一个地址。他说："家具店被查封了，这个裁缝铺是特科的一个秘密联络点，你以后的身份就是裁缝铺的老板，有紧急事情，特科会派人到裁缝铺通知你。还有，你邝惠安的名字不能用了，从今天开始，你叫方柏全，我都写在这上面了。"

陈铭把纸条放在龚瀚文身边，站起身走了。龚瀚文坐在那里，没有起身送陈铭，他的目光一直落在身边的纸条上。

冉墨宣听到门响，忙从房间出来，看到陈铭已经走了，地上留下几个烟头。她弯腰将烟头捡起来，刚要走开，被龚瀚文拦住了。

龚瀚文梦呓一般说："冉小姐，你看我像个裁缝吗？"

冉墨宣愣住了，不明白什么意思。龚瀚文把纸条推给她看，冉墨宣看完后明白了，说道："你做什么像什么，肯定能行。"

"以后，我就是方老板了，你的身份，就是方太太了……"说着，龚瀚文露出一脸苦笑。

22

黄秋叶几乎摧毁了中共特科行动队，徐增秀终于出了一口气，亲自打电话赞誉黄秋叶，还给了他通令嘉奖。黄秋叶自谦做得不够好，没有抓获"邝惠安"，并向徐增秀发誓，很快就会将"邝惠安"缉拿归案。

黄秋叶到处寻找龚瀚文，龚瀚文也在到处找黄秋叶的住处。黄秋叶因为在上海待的时间很久了，比较熟悉上海这个城市，知道藏身在哪里最安全，而且一周内更换几次住处。他何止是"狡兔三窟"，较为固定的住处就有四个，还有六七个不固定的地方。这些不固定的地方，大都是他的情人居住地，什么时候能去一次，连他的情人都说不准。龚瀚文跟几个队员通过各种渠道打探消息，始终没有找到他的家。

　　就在这时候，龚瀚文得到了一个重要情报，黄秋叶的秘密办公地点，搬到了贵州路口的新新旅馆内。新新旅馆位于新新百货公司大楼内，大楼高七层，北靠天津路、南临南京路、西沿贵州路、东濒浙江路，是上海滩最繁华的区域。新新旅馆在六楼和七楼，黄秋叶的办公室在最高层七楼，上面带一个很大的露天花园。新新旅馆是单独的电梯，所以从七楼到一楼，需要在五楼倒一次电梯。龚瀚文就专门租下了538号房间，这个房间正对电梯口，便于观察外面的情况。

　　龚瀚文带着赵子干和朱永明住进宾馆，先对黄秋叶实施跟踪，很快摸清了他的活动规律。黄秋叶只有上午到新新旅馆办公，大约每天九点左右来，十一点多离开。他出门时，身边至少带两名保镖，而且不断变化着装打扮。黄秋叶习惯戴一副墨镜，穿戴非常普通，看起来他是那几个人的随从。

　　经过几天的跟踪观察，龚瀚文跟队员们开会制订了行动计划。这天上午，龚瀚文带着赵子干和朱永明去楼上伏击黄秋叶，安排程雨亭几个人作为接应。程雨亭带人在新新百货公司大楼下面埋伏好，如果外面听到枪声，巡捕或特务赶来增援，就打他个措手不及，掩护龚瀚文和赵子干、朱永明撤离。

　　这天上午，龚瀚文几个人在租用的538房间，从门缝盯紧电梯口。

11 点 15 分，黄秋叶跟两个保镖乘坐宾馆电梯下来，站在五楼电梯口等待换乘百货公司的电梯，龚瀚文给赵子干和朱永明使个眼色，推开房门冲出去，举起双枪对准黄秋叶的脑门"砰砰"两枪，黄秋叶当即倒地。不等两个保镖反应过来，跟在后面的赵子干和朱永明一通乱枪，全部撂倒了。龚瀚文收起双枪，看了倒在血泊中的黄秋叶一眼，说道："张明德、刘小光，我给你们报仇了！"

不用问，上海《申报》等大报小报，立即刊登了中共特科行动队队长邝惠安击毙黄秋叶的新闻。身在南京的徐增秀得到消息，暴跳如雷，命令上海市警察局督察处十天内必须破获此案。显然，要求国民党上海警察局督察处十天破案，真比登天还难。

不到半年时间，中共特科行动队接连击毙了两任国民党特工总部上海区区长，让上海国民党政府里那些作恶多端的人胆战心惊，很多人都不敢出门了。督察处的特务也收敛了很多，不敢像过去那样腰里别着手枪满大街晃荡，一个个夹着尾巴顺着墙根走路。

除掉黄秋叶，"打狗队"的队员们长出了一口气，觉得解恨。特科负责人也很高兴，称赞龚瀚文"有胆、有识、有气魄"。但同时也意识到，现在的龚瀚文成了徐增秀的眼中钉，徐增秀必然会调动一切资源抓捕他，处境十分危险。上级组织觉得像龚瀚文这种人才，应该得到保护，如果牺牲了，损失太大，于是决定让他离开上海，去江西中央苏区工作。

陈铭得到这个消息，非常高兴，立即去通知了龚瀚文。这些日子，龚瀚文又进入"休眠期"，很少去裁缝铺，每天都猫在家里。闲着无事，就跟着冉墨宣学做菜，餐桌上的饭菜也就多了不少花样。陈铭去的时候正好是晚饭时间，看到餐桌上这么丰盛，有些吃惊，问冉墨宣："你是不是会掐算，知道我今晚来？"

冉墨宣笑了，连忙给陈铭让座位，说道："方老板迷上做饭了，看样子下一次换职业，应该给他找家餐馆，让他当餐馆老板。名字我也想好了，叫万里香。"

龚瀚文忍不住笑了，招呼陈铭说："肯定没吃饭，品尝一下我的厨艺。"

陈铭摆摆手，说自己吃过了。"你们俩的小日子，过得挺幸福啊。"说完，陈铭意识到不该这么说，张秀芳还在监狱受折磨呢，于是忙补充说，"就算特务上门搜查，也绝对看不出任何破绽。"

龚瀚文不说话，快速扒拉了两口饭，放下饭碗说："这边喝茶。"

冉墨宣忙离开饭桌去泡茶，将两个茶杯端过来，摆在桌上，然后很知趣地回到自己卧室，关严了房门。

陈铭看一眼冉墨宣卧室的门，压低了声音对龚瀚文说："有件好事，我赶过来告诉你。"

龚瀚文一愣，等待陈铭说下去。陈铭摘下眼镜，从裤兜里摸出块手帕，不慌不忙擦拭着镜片。龚瀚文等得不耐烦了，说道："你说话还需要戴眼镜吗？"

陈铭笑了，接着说："中央考虑到你的安全，出于对你的爱护，决定让你离开上海，去中央苏区工作。"

龚瀚文惊讶地张大嘴巴，好半天才说："让我离开上海？我不走！"

"这是组织的安排！"陈铭戴上眼镜，端起桌上的茶壶，先给龚瀚文倒了一杯，接着也斟满了自己面前的杯子。

龚瀚文摇着头说："我不可能离开上海，绝对不可能！我还有很多事情没做完，林大福还活着，我那么多兄弟不能白白牺牲了！张秀芳还在监狱，我的两个孩子还在孤儿院！"

龚瀚文越说越激动，到最后几乎是喊起来。陈铭倒是很平静，端起茶杯，啜了一小口茶水，然后抿紧嘴唇，沉默着。

龚瀚文也冷静下来，恳切地说："我现在对上海很熟悉了，再换一个人来，不利于开展工作。你说了，让我再把队伍拉起来，成为保护上海地下党和我们地下组织的一柄利剑。我知道，你有办法让我留下来的。"

陈铭仍旧慢慢地品茶，他能感觉到龚瀚文热切的目光。公平地说，"打狗队"再也找不到像龚瀚文这样的队长了，有他在这里，"打狗队"就一定还能重振雄风，成为一柄插向敌人心脏的利剑，成为徐增秀的噩梦。但同时这又是在刀刃上行走，每时每刻都有危险发生。

陈铭心里很矛盾，沉思了很久才说："你如果真不走，我也只能留下来陪你。"

龚瀚文明白了，组织上一定安排陈铭也离开上海，他忙说："你走你的，我不用你陪，咱俩各不相干。"

"我跟你一样，也有很多事情没做完，我还没把秀芳营救出来，正在努力。"

龚瀚文很感激地看了陈铭一眼，他想知道妻子张秀芳在监狱的情况，于是问道："她在里面，还好吗？"

"还好。不过……有些小麻烦。"陈铭抬头看了看龚瀚文，接着说，"她又怀孕了。"

龚瀚文愣住了，片刻，有些懊恼地说："真是这么巧，我害死她了。"

陈铭说："你也别太有顾虑，已经跟监狱方面疏通好了，会给秀芳照顾的。还有，我也叮嘱过慈善会的朋友了，让他们经常去孤儿院看看阿雄和阿新。孤儿院有一个英国修女，对两个孩子很好，你不用惦记他们。"

"希望他们长大后，能理解能原谅我这个父亲。"龚瀚文像是自言自语地说。

突然间，他想起什么，朝陈铭凑了凑，压低声音说："商量件事，你看能不能让冉小姐去中央苏区工作？"

陈铭琢磨了一下说："当然可以，不过你这里……"

"我这里可以再找别人，也可以像我们其他队员那样，去公共租界住旅馆。"

"你以为旅馆安全啊？如果安全，我何必费这么大周折，雇人假扮夫妻。"陈铭看了一眼冉墨宣紧闭的房门，又说，"她愿意走吗？你侧面了解一下。经过这两年的观察，我觉得冉墨宣是经得起考验的，你侧面跟她谈谈，如果她愿意，我们两个介绍她加入组织。"

陈铭走后，龚瀚文坐在那里发呆。冉墨宣大概听到外面没动静，就从房间走出来，问陈铭什么时候走的，龚瀚文才回过神来，说走了有一会儿了。冉墨宣看出他有心思，估计是因为陈铭的谈话，也不好多问。她正要走开，龚瀚文说话了。

"冉小姐，你过来。"他招招手，冉墨宣站住了，等他说话，他却拍了拍身边的椅子说，"你过来坐，我跟你说件事。"

冉墨宣犹豫了一下，小心地坐下了，心里突然"咚咚"跳，他从来没让她坐得这么近。龚瀚文大胆地看着她，看得很专注。冉墨宣似乎意识到他有重大的决定要告诉她，她羞涩地低下头，面色微红。

"哦，是这样的。"龚瀚文说，"我想送你去江西中央苏区。"

冉墨宣猛然抬起头，警惕地看着他说："江西？为什么要把我送那里？"

龚瀚文说："那里很安全，那里是中国革命的热土，是一片蓝蓝的天空……"

冉墨宣打断了龚瀚文的话,说道:"你也去?"

"我暂时不去,这边还有很多事情没做完。"

"那你为什么让我走?你的事情没做完,我的工作就没结束。"她朝他瞪眼。

龚瀚文有些尴尬地笑笑,说自己的事情恐怕永远没个结束。冉墨宣说"那好,我就一直工作下去"。她说着,挑战似的看着他。龚瀚文躲开她的目光,说自己不想耽误她的未来,希望她能为自己的理想去努力奋斗。

她立即说:"我的理想,就是能在你身边一直工作下去。"

"我想,你是一个有理想有志向的新青年,你应该加入共产党……"

"您不要说了,我不去,也不加入什么党,我不会离开上海的!我不是一件东西,任你摆布,你想用就用想丢就丢,你没权利决定我的命运!"冉墨宣脸颊绯红,说话的语气斩钉截铁。

龚瀚文吃惊地看看她,他没想到一向温柔的冉小姐,说话这么凶。他的脑子飞快转动,极力搜寻着能够说服她的语言。

冉墨宣见他不说话,以为自己的话刺伤了他,有些后悔,用一种愧疚的目光看着他说:"对不起,我知道你希望我好,可我觉得现在就很好,你不用有顾虑,我不会缠着你赖着你,该走的时候,我自然会离开你。"说着,她眼里闪着泪花。

龚瀚文也有些动情了,说道:"你跟我在一起,很危险。我不想害你,我已经害了秀芳,不想再拖累你。"

冉墨宣终于明白,她说:"你加入共产党,有谁逼着你吗?"

龚瀚文一愣,不知道她要表达什么,说道:"我是自愿的,没谁逼我啊?"

"你明知道做地下党非常危险，而且危及家人的生命，你还愿意加入？"

龚瀚文认真地回答："为了信仰，为了真理，为了建立一个新中国。"

冉墨宣微微一笑说："那我告诉你，我也是自愿的，只要是自愿的，就愿意付出所有，哪怕是生命。"

龚瀚文第一次听冉墨宣讲这么多话，他好像不认识她一样，仔仔细细打量着她。最后他猛吸一口气，说道："好吧！但现在上海的形势越来越恶劣，你一定要多加小心。还有，万一哪天我出了事，你什么都不知道……"

"你不会有事的！"冉墨宣急急地说。

龚瀚文看着冉墨宣，使劲儿点点头。他的目光充满了信任和感激。她也直视着他，毫不回避他的目光。她的目光湿润而温暖。

两个人静静地看着，彼此微笑着。

这次敞开心扉交流之后，龚瀚文对冉墨宣更随和了，也恰巧这段时间，他处于"休眠期"，有大块的时间在家里陪着冉墨宣，想不说话都不行。冉墨宣才发现，原来龚瀚文是个很幽默的人。

龚瀚文这边挺逍遥，徐增秀的日子却不好过，两任上海区区长在不到半年时间内被中共特科行动队干掉了，始终不能破案，让他这个特务头子声名扫地。最尴尬的是，手下那么多人，竟然找不到接任黄秋叶的人选了。挑来拣去，最终又派了一个心腹到上海，担任国民党特工总部上海区区长，这个人叫徐兆麟。他上任后，不像马绍武和黄秋叶那么逞能，搞得鸡飞狗跳的，而是尽量不让外人听到他的消息，不摆酒宴，也不吃请，太阳落山后，就再也不出家门了。

过去那个不可一世的"神探"林大福，在黄秋叶死后，自知中共特科行动队该找他了. 一方面行事小心谨慎，另一方面加快追捕"邝惠安"的速度，希望赶在"邝惠安"找到他之前，先下手除掉"邝惠安"。

林大福能够成为国民党上海警察局特务密探的"王牌"，不是吹嘘出来的，他有敏锐的嗅觉，有根须一般的信息网，有独到的分析力和判断力，还有长期"潜水"的耐性，靠着抓捕杀害共产党而立足上海滩。他当然知道中共特科对他恨之入骨，平时出门总把自己打扮成跑龙套的阿三，很难让人把他跟"神探"联系在一起。

徐兆麟在南京，对林大福早有耳闻，到上海后专门找林大福聊过一次，给林大福许愿，如果他能抓获"邝惠安"，就直接任命他为警察局督查处副处长。林大福明知道徐兆麟在利用自己，但这个诱惑太大了，他觉得值得去赌一把。

林大福社会上的朋友很多，保姆、妓女、乞丐、小偷……各行各业、三教九流的人都有，他就是靠着这些眼线，获取了许多重要情报。他在上海有几个情报搜集点，每天都要去这几个搜集点晃荡一圈，而且时间都是固定的，有早晨去的，也有晚上去的，他去的时间，是根据情报搜集点人群的工作时间而定的，有些情报点的线人，都是晚上下班才有空闲，他就定在晚饭后去晃荡一下。

林大福自从当上特别行动队队长，每次出门都有两个随从，他们三个人从来不走成一堆，而是三点一线，林大福在中间，两个随从一前一后，彼此保持在三四十米的距离，一旦遇到情况，可以相互照应。

龚瀚文跟赵子干等队员，连续跟踪林大福半个多月，惊喜地发现了这一规律，大家一起讨论行动方案，最终选择了南市小西门的茶点铺作为伏击地点。这个茶点铺在街巷的路边，街巷不属于热闹的地段，临近居民区。茶点铺分屋内屋外两部分，屋内卖茶点，各种甜点都有，还配有吃茶品尝甜点的雅间。屋外有点大碗茶的味道，摆放了几张茶桌供路人坐下喝茶，也卖一些便宜的糕点。在外面茶桌喝茶的，通常都是人力车夫、扫马路的之类。林大福是这里的常客，里面有一个大雅间，每天晚上都是留给他的。

讨论的时候，赵子干建议提前埋伏在茶点铺里面，等到林大福进入雅间，正好瓮中捉鳖。副队长程雨亭觉得不妥，茶点铺里面空间狭小，去里面喝茶的又大都是老顾客，不方便埋伏。赵子干就说："那也行，我们装成喝茶的路人，在茶点铺外面的散座上等他，在他走进茶点铺的时候动手。"

朱永明笑了，摇摇头说："外面桌子上喝茶的，能有几个人坐在那里喝半天茶？都是匆匆忙忙喝一杯茶，或是再吞几个甜点，一抹嘴走了。我们好几个人在那里坐半天，太显眼了。"

龚瀚文点点头，赞成朱永明的说法。朱永明快三十岁了，在队员当中算是"长者"了，处事比较稳重。龚瀚文就问道："老朱，你有什么好主意？"

朱永明说："我注意观察了，茶点铺外面的油毡棚，是人力车夫歇脚的地方，有的车夫把车子丢在一边，过去喝杯茶缓缓神儿，有的人并不喝茶，只是趴在自己的人力车上歇息，有人叫车，抬脚就走，没人叫车，就多歇息一会儿。"

不等朱永明说完，大家都明白了，可以扮成人力车夫，趴在人力车上等候着林大福出现。龚瀚文想了想说："经常在那里歇脚的车夫，他们大都相互认识，我们化装成人力车夫可以，但人不能多。这活儿，我去做。"

程雨亭不答应，说道："你总要给我个机会吧？再说了，你怎么看都是老板，哪像人力车夫啊。"

几个人都笑了。

龚瀚文说："你会使双枪吗？林大福至少是三个人。"

程雨亭被龚瀚文问急了，说道："我单手，单手速度快，啪啪啪三枪，一枪一个……"

不等他说完，众人又笑了。显然，这是不可能的。龚瀚文坚持自己化装成人力车夫，让程雨亭化装成茶客，潜伏在茶点铺里面。其余人都在茶点铺对面的路边埋伏好，听到枪声后，迅速包抄过来。

当晚，上海下起了毛毛细雨，真是天公作美。绵绵雨丝像一张轻薄的丝网罩住了路上匆匆走路的行人。茶点铺外面的油毡棚下，歇脚的人比平时多了不少。龚瀚文把人力车停在那里，身子趴在车头上，装作睡了的样子。他担心旁边的人力车夫因为觉得他面生，上前跟他搭话。他不想分散精力。因为雨天，赵子干和朱永明干脆坐在茶点铺外面喝茶，即便坐得久一些，也是因为天气，并不会引起茶点铺老板的注意。

三辆黄色斗篷的人力车走过来，其中一辆上面坐着林大福。有几个在一边歇脚的车夫，认识刚来的一位，老远就喊："来啦？"

人力车夫答应着，把车子停到避雨处，林大福下车，并没有立即朝前走，而是等了一下其他两个人，见他们都下车了，这才朝前走，其中一个随从快走几步，给林大福撑起一把油伞，另一个快步穿过细雨，朝茶点铺走去。一直趴在人力车上观察的龚瀚文，突然拔出双枪，迎着林大福左右点射，林大福当场毙命。撑油伞的随从丢下油伞想掏枪，坐在一边喝茶的朱永明和赵子干抢着开枪，随从连枪都没掏出来就毙命了。已经快走到门口的那个随从，听到身后的枪声，加速冲向茶点铺，正好被潜伏在屋内的程雨亭逮个正着，迎面就是两枪。

周围人看傻了眼，等到他们惊恐地喊叫时，龚瀚文几个人早不见踪影。

国民党上海警察局的三大"反共高手"的最后一位，也被当街击毙，徐兆麟如坐针毡，他本来希望借助林大福抓获"邝惠安"，却不想林大福被干掉了。

这一次，南京方面没有给徐兆麟施压，大概徐增秀心里明白，对徐兆麟施压没用，他没这个能力破案。事实上，徐兆麟哪有心思破案，林大福死后，他急忙给自己身边加派人手，唯恐中共特科行动队找上门来。到后来，他竟变得有些神经质，上趟厕所都要带保镖，总觉得蹲坑里会突然冒出一个人。他后悔不该来上海，这个上海区长不好当，油水虽多，但危险性太大。每次出门，都像是过鬼门关，需要提前化装，反复更改出行路线，晚上睡觉总觉得有人会从窗户和门缝进来。

徐兆麟觉得这样下去，就算不被中共特工击毙，恐怕也被自己折磨死了，于是就跟徐增秀请求辞职，不当这个上海区区长了。请示了几次，徐增秀都没批准，他干脆收拾东西跑回南京，当面去向徐增秀求情。徐增秀气得破口大骂，真是没出息的货。但仔细想，如果把这小子留在上海，他整天躲在家里不出门，什么事情也做不成，反而坏了大事，于是就答应了他的请求，将其调回南京。

上海区长的位置，一下子成了烫手的山芋。徐增秀把自己身边得力的人扒拉个遍，最后选了一个叫韩达的特务，去上海接任。

23

韩达跟前几任不同，他在国民党中央调查科一直从事幕后工作，从外表看上去更像一介书生。他是做研究的，几乎没有实战经验，因此到上海担任如此重要的位置，被很多人看衰，觉得他也就是来混个职务，过不了多久就会跟徐兆麟一样，灰溜溜地跑了。

其实大家忽视了一个问题，韩达在国民党中央调查科工作期间，研究的专题是如何对中共地下党组织进行"细胞"渗透的战术，他甚至专门成立了"细胞"研究院，重点培养中共的叛徒，不惜代价制造条件让他们再回到中共的"肌体"内。做这种工作的人，都有着缜密心思。

韩达为了尽快在上海打开局面，离开南京之前，特意去拜访了华老板，谦恭地向华老板请教中共特科工作的特点。这时候的华老板正备受冷落，对国民党已失去信心，不想再掺和这些事情，但是韩达太诚恳了，而且对华老板的才华极力吹捧，弄得华老板心情很好，就给韩达指点了几招。华老板说，第一，如今中共中央机关转移到江西，只留下中共上海中央局，只要切断上海中央局和江西的联系，上海的中共党组织就如同没有了大脑，各自为战，你可逐个击破；第二，你研究的"细胞"战，现在非常适合上海，应该立即启动。

韩达上任后，很快召开了上海各区会议，让大家尽快梳理手中资源，看看有多少"细胞"可用，并尽快想办法让这些"细胞"打入中共内部。

大约过了一个多月，韩达培育的第一个"细胞"发挥作用，成功地找到了中共上海中央局和江苏省中共办事处隐蔽的办公地点，一举抓捕中共上海中央执行局书记、江苏省临委书记在内的十六名中共高级干部，一批隐秘电台被摧毁，中共特科跟中央苏区的联系中断。

韩达的第一个目的，就这样轻易而举地达到了，自然得到了徐增秀的赞赏。

尽管上一任区长黄秋叶抓捕了刘小光、张明德等五位队员，但只是对"打狗队"的一次重创，韩达这次几乎摧毁了中共上海中央局，让整个中共上海地下党组织陷入被动状态，也让每个地下党人看到了斗争的残酷性。

龚瀚文似乎意识到危险正一步步逼近他。这天晚上，龚瀚文突然对冉墨宣说："冉小姐，万一哪天我出事了，你一定要装出受骗上当的样子，使劲儿骂我。"

　　冉墨宣紧张地问："怎么突然冒出这句话？"

　　"以防不测。"龚瀚文说得很平淡。

　　冉墨宣感觉龚瀚文有事隐瞒她，追问："你实话说，发生什么事了？"

　　龚瀚文摇头："我是说万一……"

　　正说着，外面敲门，冉墨宣紧张地叫了一声，忙对龚瀚文说："你快躲一下，我去开门。"

　　冉墨宣从门缝朝外看了一眼，长出一口气，忙打开门，陈铭神色严肃地走进屋。陈铭这个时间点到家里，肯定有重要事情。龚瀚文迎上去，焦急地问道："出什么事啦？"

　　冉墨宣没跟陈铭打招呼，闪身躲进自己房间。

　　陈铭来找龚瀚文，确实有重要事情。国民党特务抓捕中共上海中央局的几位主要领导人，对他们的名字和身份非常清楚，陈铭很纳闷，感觉内部出了叛徒。中共领导人大多是化名，只有组织内部的少数人知道他们真实的身份。就像龚瀚文，身边的队员都不知道他的真实名字，现在国民党特务也只是知道他的化名"邝惠安"。

　　陈铭说："据我所知，这次特务抓捕上海中央局的领导人，都是直奔住处，定点清除，一抓一个准，肯定内部有叛徒，要尽快调查，把这个人找出来，否则遗患无穷。"

　　两个人商量到半夜，也没想出好主意。陈铭离开的时候，对龚瀚文叮嘱道："现在外面的风声太紧，你少出门吧！"

　　正当陈铭焦虑之时，打入国民党上层的中共特工鲍君甫送来一张纸条，是张秀芳从监狱内传出来的。鲍君甫非常机灵，又很豪爽，特别会处理关系。张秀芳入狱后，组织上就是通过鲍君甫跟监狱方面取得联系，让监狱照顾好怀孕的张秀芳。鲍君甫通过自己的关系网，三拐两拐，找到了关押张秀芳监狱附近的天主教堂牧师董邵武。因为监狱内有忏悔堂，时常邀请牧师对女囚犯进行感化，董邵武因此得以出入监狱。鲍君甫让牧师董邵武帮忙照顾张秀芳，董邵武很卖力，不仅跟狱警打招呼了，他每次去监狱，都要带些营养品，请狱警转交给张秀芳。这一天，有两个便衣带着一个男子，走进女子监狱牢房，挨个监室查看，发现眼熟的人便带走，恰巧那天董邵武牧师也去监室看望张秀芳，偷偷告诉她，刚才那个男人叫熊国桦，是中共地下党，刚刚被捕，带着特务来辨认熟人的。张秀芳一听，心里很紧张，担心这个叛徒认识龚瀚文，于是写了一封信，请董邵武带出去，董邵武就把纸条交给了鲍君甫。

张秀芳在信中详细描述了熊国桦的体貌特征以及他说话的语音，中共特科很快就查出这个人的真实身份，终于明白就是他出卖了中共上海中央局。这个人跟龚瀚文同姓，真名叫龚四海，台州人，"九一八"事变后，被派赴东北参加抗日义勇军，刚回上海不久，担任地下党组织秘密联络员，前不久由于他工作的懈怠疏忽，导致上海地下党的一个领导机关遭到破坏，党组织对他进行了严厉的批评，没想到他竟然叛变投敌，几乎毁掉了中共上海中央局，实在可恨，必须严厉惩治。

龚瀚文接到中共特科除掉熊国桦的命令后，制订了一个周密的行动计划，他让一名经常与熊国桦联系、化名"巴本"的地下党员，去跟熊国桦见面。巴本告诉熊国桦，上海中央局的新任领导人要亲自跟熊国桦谈话，要求他于9月15日到英租界四马路昌锦里谦告旅馆开一个单间等候。熊国桦一听上海中央局来新领导了，心里很高兴，前几天韩达还指示他寻找上海中央局新任领导人，他正愁找不到接触的途径。

　　不过，熊国桦也担心他叛变的消息走漏了，于是试探着让巴本传话，说自己身体不适，希望邀请新任中共上海中央局领导去他的住处见面。龚瀚文一听就知道熊国桦在要花招，让巴本告诉熊国桦，如今上海中央局势混乱，为了保证新任上海中央局领导安全，不便四处走动。

　　熊国桦听了巴本的传话，仔细分析，感觉自己的身份应该没有暴露，由于立功心切，不想错过这个千载难逢的好机会，于是他答应去宾馆等候中共上海中央局领导人。不过，他还是做了防范，自己以"熊国桦"的名字开了一个房间，让一个特务在他隔壁的房间埋伏，另有大批特务埋伏在酒店门前，只要得到他的暗号，就立即行动。

　　熊国桦这些小聪明，早就在龚瀚文的预料之中。按照约会时间，这天上午十一点，龚瀚文带着赵子干来到谦告旅店前台，说他们有个朋友住在这里，服务生按照名字，查到了熊国桦订的房间，龚瀚文和赵子干直接上了二楼，赵子干在门口警戒，龚瀚文推开了熊国桦的房间，熊国桦以为上海中央局的新任领导人来了，刚站起来，发现进屋的人没有巴本，当时一愣。龚瀚文拔出双枪，厉声喝道："狗叛徒！"

　　两声枪响，熊国桦趴在地上。隔壁的特务听到枪声冲出来，被门口的赵子干一枪毙命。此时，楼下还埋伏了一名特务，听到枪声，急忙朝楼上跑，跟龚瀚文和赵子干在楼梯碰头，特务看了他俩一眼，擦肩而过，到了楼上发现躺在门口的特务，知道出事了，一个人不敢进房间，返身朝楼下跑，给外面埋伏的特务发信号。此时，谦告旅馆门口，有一队迎亲的队伍，正在放鞭炮，埋伏在周边的特务根本没有听到宾馆里的枪声。里面的特务惊慌失措出来报告情况，特务们才赶忙冲进旅馆。

　　此时，门口迎亲的队伍瞬间消失。这支迎亲的队伍，带头人是副队长程雨亭。

特务们包围了谦告旅馆，挨个房间搜查，什么人也没抓到，只能逮住瑟瑟发抖的旅店老板审问，把得到的情况上报给韩达。

这次行动结束后，龚瀚文让队员们就地分散，暂时"休眠"。很快，上海的大报小报就刊登出谦告旅馆"枪击案"，龚瀚文傻眼了，熊国桦竟然没死，只是重伤，被随后赶到的特务送到仁济医院救治。仁济医院位于山东路上，基督教天安堂的旁边，是伦敦基督教前来传道的牧师始建的西式医院，医疗技术先进，竟然把熊国桦抢救了过来。原来狡猾的熊国桦在龚瀚文开枪的同时，应声倒地装死，龚瀚文以为两枪已经让他毙命，没有再给他补枪，转身离开了房间。

熊国桦在国民党中共特科总部上海区，成了宝贝，他遭枪击，韩达很紧张，在仁济医院里里外外派了特务保护他，准备治愈出院后，立即送往南京。同时，他找来了著名画师，根据旅店老板和熊国桦的描述，绘制出龚瀚文的画像到处张贴。龚瀚文看到了自己的画像，很吃惊，画像至少有七分相像。

尽管没有击毙熊国桦，但中共特科命令"打狗队"暂停行动，等熊国桦出院后再找机会收拾他。龚瀚文不答应，他似乎是跟自己赌气，一定要让熊国桦死在仁济医院，让那些叛徒知道，无论你躲在哪里，都逃不过正义的惩罚。他对陈铭说："等他出院送去了南京，再想除掉他就难了。"

龚瀚文带着队员们进入仁济医院暗中侦查，熟悉医院情况，同时把牧师董邵武请出来，让他进入熊国桦病房区域，绘出详细的路线图。仁济医院本来就是传道士修建的，牧师进出比较容易。牧师董邵武很钦佩共产党人，一个礼拜后，就绘制了详细的医院布局规划图纸，还有一张进入病房的路线图，交给龚瀚文。龚瀚文仔细研究，进入熊国桦病房要过三道关卡，每道关卡都有特务把守着。前两道关卡，医院的医生和探视病人的家属都可以进入，最后一道关卡，只有负责熊国桦的医生才能进入。熊国华刚刚转危为安，他由重症监护室被护送到了普通病房。医院探视时间是每天上午十一点前。十一点半左右，把守关卡的特务换班。关卡换班时，第三道关卡只有一个特务值守，大约有十五分钟的空当期，这是闯过第三关的最佳时机。

龚瀚文让程雨亭带领赵子干和朱永明，化装成探视的家属，他自己化装成医生，他们算好时间，一起通过前两道关卡后，正好赶上第三道关卡换岗，几个人匆忙走到入口处，被特务拦下。程雨亭忙解释他们是来探视病人的，特务摇头，说这里面不准探视。程雨亭跟特务理论，分散特务的注意力，赵子干绕到特务身后，枪口顶在特务腰上，特务愣了一下，不敢吱声。龚瀚文跟其余队员快速通过第三道卡，在迷宫一般的医院里，按照牧师绘制的路线图，准确找到了熊国桦的病房。朱永明在楼梯口守候着，程雨亭把守在病室门口，龚瀚文迅速进了病房。

这时候，病房内看护熊国桦的特务正好不在屋内，熊国桦躺在病床上，眼睛瞅着天花板，听到有人进来，以为是医生或者是看护他的特务回来了，不紧不慢地扭头看一眼门口，发现是龚瀚文，惊恐地张大嘴，不明白龚瀚文是怎么进来的，似乎是从天而降的幽灵。他反应还是很快的，一挺身下床，朝病房外冲，龚瀚文手持双枪同时射击，这次熊国桦来不及装死，脑壳就被打爆了。枪响后，一名特务闻声赶过来，被守在门口的程雨亭击毙。

龚瀚文带着队员撤退时，在最外面一道关卡遇到赶来的黄毛巡捕，不等龚瀚文下命令，身边的队员乱枪齐射，巡捕都吓傻了，纷纷卧地不起，队员们趁乱快速撤离。

熊国桦在仁济医院病房被中共特科处决的消息，登上了各大报纸的头条，震惊了上海。从 9 月 15 日的谦告旅馆到 9 月 26 日仁济医院，前后十来天的时间，中共特科"打狗队"一路追杀，终将熊国桦处决。无论是韩达还是徐增秀，都瞠目结舌，感觉不可思议。仁济医院防范严密，熊国桦几乎是锁在"保险柜"里，还是没逃过一死，简直就是对国民党特务们的极大讽刺。那些叛变投敌的中共叛徒，得知此事惶惶不可终日，总觉得下一个就是自己，就连一向嚣张的督察处特务，出门都不敢露脸了。

上海的大街小巷，被警笛声撕碎，韩达疯狂地搜捕龚瀚文，折腾了几天，一无所获。韩达想到了前几任的遭遇，突然绝望了，中共特科行动队队长"邝惠安"像个幽灵，无缝不钻，下一个目标很可能就是自己，难怪徐兆麟死活不当这个区长。

"打狗队"自从遭受重创后，力量非常薄弱，中共特科负责人专门从部队挑选了几名优秀的战士，但他们到上海后，因为不熟悉上海大城市的生活，出门很不安全，不能单独去执行侦查工作，只能参加伏击任务。为此，龚瀚文要求老队员推荐自己熟悉的可靠人选，经过考核后，参加集中训练。

新队员的训练任务，交给了副队长程雨亭。为了工作方便，程雨亭和赵子干搬迁到曹家渡一酱菜厂内隐蔽了下来。酱菜厂旁边，就有一家废弃的工厂，程雨亭把那两间破厂房作为训练基地，对新招聘的队员进行格斗、射击、传递情报、跟踪、易容化装等训练。

在新招聘的队员中，有一个叫张阿四的人，曾经是中共地下党组织秘密联络员，老队员朱永明跟他很熟，推荐他加入了"打狗队"，哪知道他早就被捕叛变，韩达把他作为"细胞"，让他继续潜藏在地下党内。

张阿四本身并没有什么进步觉悟，归根结底只是想让生活过得好一些，才当了地下党联络员，但又害怕流血牺牲，一直没有被组织重用，所从事的地下工作，多是负责街头盯梢，传递些不太重要的情报。后来他被国民党特工总部上海区沪西分区抓获，从他身上没搞出有价值的情报，主任苏成德将他发展为"细胞"，放他回去。

张阿四家中有老婆孩子，经济条件很差，只是为了得到一点津贴，才参加了特科"打狗队"的培训计划。这种身份的转变，让张阿四一下子跟全城紧锣密鼓的大搜捕有了联系，他知道"打狗队"的人如果被抓到，就只有死路一条。

正当韩达及特务们一筹莫展时，国民党特工总部上海区沪西分区主任苏成德偶然在大街上碰到了张阿四，一把抓住他不放。"张阿四！两个多月你藏到哪儿了？怎么，躲我们是吧？活腻了你！"

张阿四连连摆手，压低声音说："别嚷别嚷，我加入'打狗队'了……"

"什么'打狗队'？"苏成德瞪眼问。

张阿四忙解释："就是特科的行动队，邝惠安……邝惠安那里。"

苏成德瞪大眼睛，好半天才"啊呀"一声，惊喜地问："你，加入中共特科行动队了？"

张阿四无奈地点头，说自己是被逼迫的，关在一个破地方训练，累死了。"苏主任，你别生气，我真不是自愿的，不去了，我不去了。"

苏成德连连摆手，说道："别别，去呀你这个傻子！"

苏成德一番点拨，让张阿四继续扮演当下的角色。随后，苏成德屁颠屁颠跑去给韩达汇报，韩达一听，仰天长吼一声说："天助我韩达，天助我啊！"

韩达开始运用"细胞"战，他并没有急于动手，而是赏给张阿四一大笔钱，让他好好干。随后，韩达指示苏成德，在张阿四家门口摆了一个水果摊，门口马路对面，又临时支起了一个修鞋摊，守摊的都是有经验的老特务。

这天，"打狗队"联络员赵子干骑着自行车，到张阿四家通知他去参加训练。赵子干没有注意到张阿四家门口多了两个摊位，只是观察身后有没有跟踪的，发现没有"尾巴"，就快速进去了。张阿四见到赵子干非常热情，招呼他坐下喝水，自己趁机出门给水果摊的特务发出暗号。

赵子干骑着自行车离开张阿四家，两个特务骑上自行车跟在他身后，他却全然不知。去了朱永明和龚瀚文住处，然后又回到他跟程雨亭的住处，把所有主要队员的住处全暴露了，尤其是龚瀚文在法租界北京路凤翔银楼的二楼的住所，曾是最安全最隐秘的地方，就这么轻而易举地暴露了。

韩达听了苏成德的报告欣喜万分，他立即下达了缉捕中共特科行动队的命令，同时请求国民党上海警备区配合他们的行动。

1934年12月6日，上海的天空飘着细雨，大约上午九点钟，龚瀚文打一把雨伞，走出了凤翔银楼。前几天，董邵武告诉他，妻子张秀芳在监狱生了个男孩，她跟孩子都健康。由于特殊的身份，他不能去监狱探视，大概牧师很理解他的心情，说监狱楼顶四周有铁围栏，中间有一个篮球场那么大的平台。每个周四，女囚们都要在监狱楼顶上活动两个小时的身体。监狱楼顶平台的对面，是一栋十二层高的饭店，两栋楼相距很近，如果站在饭店的窗口，可以清楚地看到监狱楼顶平台上的女囚。龚瀚文想，就算不能看清妻子和小儿子的脸，至少可以看见他们的身影。

龚瀚文走出门口不远，突然从两边蹿出四五个人，他感觉不好，挥动雨伞抵挡，接连放倒了两个特务，快速跑进一条小巷，却发现前面早有十几个特务等着他了。寡不敌众，龚瀚文被特务抓住，押往戈登路巡捕房。

韩达亲自带人冲上凤翔银楼二楼，强行进入龚瀚文屋里搜查。冉墨宣一看这个阵势，心里"咯噔"一下，知道龚瀚文出事了。她故作惊恐地看着几个黑衣人，高声喊叫："你们要干什么？你们是什么人？快出去，我要报警了！"

　　韩达不理睬冉墨宣，指挥人仔细搜查，从屋里搜出龚瀚文的两把枪，还有子弹、手榴弹和一些红色刊物。当然，韩达最大的收获，是在一个装弹药的木箱子里，发现了一封信，信封上写着"华老板收"。韩达粗粗地浏览了一下里面的内容，脸色都变了，慌忙将信收起来。

　　韩达斜视了一眼冉墨宣，也不想多问她话，对特务说："带走。"

　　这天上午，程雨亭、赵子干、朱永明等主要队员都被特务抓获。到了下午，新招募的二十多个新队员也无一幸免。

<h2 style="text-align:center">24</h2>

　　韩达亲自押送龚瀚文去了南京，将几位主要队员送到南京国民党宪兵司令部军法处，然后去向徐增秀汇报抓捕过程。徐增秀得知中共特科行动队队员全部抓获，尤其是抓获了传说中"飞檐走壁"的双枪侠"邝惠安"，对韩达大加褒奖，说道："你是大功臣，我马上报请蒋委员长，给你重赏。"

　　韩达很圆滑，当即感谢徐增秀的栽培，说他不过是按照徐增秀的指示去执行的，功劳应该属于徐增秀。

　　"有件事情，我想应该向您报告。"韩达说着，拿出从龚瀚文房间里搜出的那封信，交给了徐增秀，"这是在邝惠安屋子里搜出来的，跟枪械放在一起。"

　　徐增秀忙打开仔细看。这封信是龚瀚文写给华老板的，信中感谢华老板给他提供的准确情报，才使得他们顺利将黄秋叶处决，云云。看完信，徐增秀似乎明白了，中共特科行动队准确地找到黄秋叶的办公地点，原来是华老板提供的信息。徐增秀震怒，猛拍桌子说："我早就看出他又想吃回头草，这种人，留着多余！"

其实，华老板回上海时，不但密集接见旧部，甚至扬言组建新党，并且主动跟徐增秀的政敌戴老板接触，企图甩掉徐增秀投靠戴老板，徐增秀已经对华老板忌恨在心，再加上龚瀚文假借戴老板之名给华老板写信的事，让徐增秀一直如鲠在喉。因此，对于龚瀚文写给华老板的这封没发出的信件，徐增秀没有丝毫怀疑。

也巧了，就在韦达把龚瀚文留下的信交给徐增秀没几天，安插在华老板身边的特务发现他偷偷组建了"新共产党"，连组建新党的章程都有了。徐增秀立即命令手下将华老板抓了，关押在南京监狱。

龚瀚文和赵子二几名队员被抓后，没让审讯他们的法官太费周折，都承认马绍武、黄秋叶和林大福是他们处死的。尽管这几年，龚瀚文弄得徐增秀寝食不安，但徐增秀心里很欣赏龚瀚文，觉得如果龚瀚文能成为他手下的人，那真是太好了。于是，徐增秀亲自到监狱劝降龚瀚文。

徐增秀坐在审讯室等待着，当戴着脚镣手铐的龚瀚文被带进屋时，徐增秀赶紧从椅子上起身，面带笑容地迎上几步，说道："哎呀，传说中的大侠，今天终于能一睹真容，幸会幸会。"

他亲自给龚瀚文拉过一把椅子，让龚瀚文坐下说话。"邝先生，我们虽一直无缘相见，但我们可是老朋友，打了几年交道了。"说着，徐增秀笑了。

龚瀚文斜视了徐增秀一眼，仍旧站着，带着嘲讽说："徐增秀是吧？听说刚提升了处长，我应该叫徐处长。你是不是跟我还没打够交道啊？"

徐增秀坦诚地说："确实，所以我今天来，是想跟你谈谈，想继续跟你打交道，希望你能幡然醒悟，加入我们国民党特工总部，我会给你一个很满意的位置。"

龚瀚文冷笑一声，说道："谢谢你的好意，恐怕我要让你失望了。"

说完，龚瀚文自己朝屋外走去。

徐增秀一直不死心，先后到宪兵司令部军法处两次，用金钱和官职诱惑龚瀚文跟他干。龚瀚文说："你别费心思了，我父亲是个生意人，如果我喜欢钱，就不会参加共产党，早就跟着父亲挣钱去了。我参加共产党，就是要推翻国民党政府，建立一个新中国。"

软的不行，来硬的。徐增秀让军法处给龚瀚文使用酷刑，摧残他的肉体迫使其就范，最终还是失败了。徐增秀恼羞成怒，下令处死龚瀚文，而且使用绞刑。

1935 年 4 月 13 日，南京第一监狱外的一片空地上，竖起了一排绞刑架，因为监狱首次使用绞刑，行刑手都是临时培训的，操作绞刑架很不熟练。狱警将龚瀚文、程雨亭、赵子干和朱永明几个人，带到了绞刑架前，要给他们脸上蒙一块黑布。龚瀚文冲行刑手摇摇头说："不用了，别耽误时间。"

说着，自己迈着沉稳的步伐，朝绞刑架走去。旁边监刑的特务们看到龚瀚文平静的神色，心里都佩服他是条汉子。徐增秀亲自两次来劝降，所承诺的高官厚禄，恐怕是很多人可求而不可得的。

监刑的特务走到龚瀚文面前，说道："我敬佩你是条汉子，你有什么话要留给家人，我可以代为转告。"

说到家人，龚瀚文心里觉得遗憾，他还没有给刚出生的儿子起个名字，阿雄和阿新还在孤儿院，从来不知道爸爸是谁、做什么的。他对监刑的特务说："我当过兵、陈皮店老板、家具店老板、裁缝店老板……我有很多个身份，但是请转告我的妻子和孩子，我的真实身份只有一个，中国共产党员！"

大约在龚瀚文牺牲一个多月后，华老板也被国民党处死了。徐增秀搜集了一堆证据，去向蒋委员长汇报，蒋委员长也觉得华老板没有利用价值了，同意将他处死。传说华老板会"遁地术"，押往刑场时担心他逃走了，对他使用了一种叫"琵琶骨"的极刑，用铁丝将他的肋骨穿在一起。华老板的"魔术"人生就这样被自己变没了，留下一个千古骂名。

冉墨宣被国民党关押了一个多月，没有审查出问题，就释放了。她得知龚瀚文牺牲后，并没有回到母亲身边，而是找到陈铭，提出去江西中央苏区的请求。陈铭很理解她的心情，联系中共地下党组织，将她送往江西苏区。冉墨宣是乘船离开上海的，轮船刚离开港湾，她回头看了一眼上海，顿时满面泪水。

张秀芳在龚瀚文牺牲后不久就刑满出狱，陈铭亲自去监狱把她接到自己住处，又去孤儿院把阿雄和阿新接出来。陈铭经过仔细考虑，特意向组织提出申请，他暂时离开上海一段时间，陪着张秀芳和三个孩子回到了水南乡老家。龚瀚文没来得及给狱中出生的儿子起名字，张秀芳就叫小儿子"阿囚"了。

多年以后，龚瀚文的三个孩子阿雄、阿新和阿囚，都参加了革命，他们都有一个跟父亲一样的身份——中国共产党员。

向隐蔽战线上的英雄致敬

长篇小说《身份》，是以中国共产党建党初期，在隐蔽战线上隐姓埋名，为民族独立和人民解放事业做出了独特而重要贡献的英雄龚昌荣为原型创作的。

龚昌荣，广东江门水南乡人，1925 年入党，上个世纪三十年代初曾担任中共中央特科行动队（俗称"打狗队"）队长，1935 年 2 月牺牲。

毛泽东主席曾说过，我们战胜对手主要靠两个战场，一个是公开的战场，一个是隐蔽的战场。隐蔽战线是革命斗争当中不可或缺的一个重要部分。这条隐蔽战线很少出现那些披红戴花站在领奖台上的战斗英雄，他们是一个又一个默默无闻、英勇无畏的战士，甚至有的人直到牺牲了我们都不能说出他的名字。这条战线对中国革命的贡献是巨大的，他们在中国共产党成立的早期，在人民军队创建的初期，在很多个重要的历史关键点上，建立过许多鲜为人知的特殊功勋，做出过影响革命进程的卓越贡献，甚至在特殊的关键时刻起到了挽救党、挽救红军的重要作用。

龚昌荣就是一位战斗在隐蔽战线上的英雄。他信仰坚定，忠诚于党，有勇有谋，不怕牺牲，在国民党白色恐怖下，为保护中共地下党组织和中央机关领导人，带领中央特科"打狗队"队员赴汤蹈火，一次又一次清除叛徒内奸，打击国民党特务的嚣张气焰，用生命和鲜血抒写了一个不朽的传奇。

由于工作性质的特殊，长期以来龚昌荣的事迹鲜为人知。在复杂和危险的工作环境中，龚昌荣从陈皮店老板到家具店老板，再到裁缝店老板，身份不断变化，名字也换来换去，但他始终记住自己唯一不变的身份——中国共产党员！

在中国共产党诞辰100周年之际，我用长篇小说《身份》向龚昌荣致以崇高敬意！共和国不会忘记我们的英雄，将永远铭记他们的丰功伟绩！

2021年2月写于山东栖霞